Milan Kundera

米兰·昆德拉

尉迟秀——译

L'art du roman

小说的艺术

ŒUVRES DE MILAN KUNDERA

上海译文出版社

图书在版编目（CIP）数据

小说的艺术 /（法）米兰·昆德拉（Milan Kundera）著；
尉迟秀译．—上海：上海译文出版社，2019.5（2023.9重印）
（米兰·昆德拉作品全新系列）
ISBN 978-7-5327-8096-9

Ⅰ.①小…　Ⅱ.①米…②尉…　Ⅲ.①小说研究—世
界—现代　Ⅳ.①I106.4
中国版本图书馆CIP数据核字（2019）第052214号

图字：09-2003-373号

小说的艺术
L'art du roman

MILAN KUNDERA
米兰·昆德拉 著
尉迟秀 译

出版统筹　赵武平
责任编辑　李月敏
装帧设计　董茹嘉

上海译文出版社有限公司出版、发行
网址：www.yiwen.com.cn
201101　上海市闵行区号景路159弄B座
杭州宏雅印刷有限公司印刷

开本 890×1240　1/32　印张 7　插页 5　字数 82,000
2019年5月第1版　2023年9月第8次印刷

ISBN 978-7-5327-8096-9 / I·4977
定价：69.00元

理论的世界非我所属。这里的文字是一个实践者的反思。每个小说家的作品都隐含着他对于小说历史的某种看法，隐含着小说家对于小说是什么的某种想法。我所做的，就是让这个小说的理念说话，这也是我的小说固有的理念。

本书的七篇文章是在一九七九到一九八五年之间写作、出版或宣读的。尽管这些文字的诞生各自独立，但我在构思的时候已想着将来要将它们收在同一个集子里。这个想法于一九八六年实现。此后，这本书在法国经常再版，这让我有机会数度回顾这个集子，把它改得更好一些。更动之处已并入这个版本。

M. K.

二〇〇〇年一月

目 录

第一部／被贬低的塞万提斯传承

1

第二部／关于小说艺术的对话

29

第三部／《梦游者》启发的笔记

63

第四部／关于结构艺术的对话

95

第五部／在那后面的某个地方

131

第六部／六十三个词

161

第七部／耶路撒冷演讲：小说与欧洲

207

第一部

被贬低的
塞万提斯传承

1

一九三五年，埃德蒙·胡塞尔[①]去世前三年，他在维也纳和布拉格做了几场著名的演讲，主题是关于欧洲的人文危机。对于胡塞尔来说，“欧洲的”这个形容词意味着延伸至地缘欧洲之外（例如美洲）的精神认同，它与古希腊哲学一同诞生。依照胡塞尔的看法，古希腊哲学将世界（整体的世界）当作一个有待解决的问题来理解，这在人类历史上是第一次。古希腊哲学向世界提出疑问，并不是为了什么实用上的需求，而是因为“认识的激情占据了人的心灵”。

胡塞尔提到的危机，在他看来是如此的深远，他自问欧洲是否依然能够渡过这个危机，继续存在。他认为，危机的根源在现代（les Temps Modernes）初期就已经出现，在伽利略和笛卡儿的著述里，在欧洲科学单边性的性格里。欧洲科学将世界缩减为技术与数学探索的单纯客体，将具体的生活世界（也就是胡塞尔所说的

die Lebenswelt[②]）排除在他们的视野之外。

科学的跃进将人推进了各个专门学科的隧道里。人在知识上越是向前行，就越是看不见世界的整体和自己，于是陷入胡塞尔的弟子海德格尔所说的“存在的遗忘”[③]之中，这是一个美得近乎魔法的用语。

笛卡儿从前把人提升为“大自然的主宰和占有者”，对于种种超越人、胜过人、占有人的力量（那些技术的、政治的、历史的力量）来说，人成了一个单纯的物体。对于那些力量来说，人的具体存在，人的“生活世界”，不再具有任何价值，也没有任何值得注意之处：人的具体存在被预先遮蔽，被预先遗忘了。

2

然而，如果仅仅把这投注于现代的严厉目光视为一种谴责，我认为是天真的。我顶多会说这两位伟大的哲学家揭开了这个时代的模糊暧昧，而这模糊暧昧是降格，但同时也是进步，如同一切与人有关的事物一样，在诞生之中就已蕴含着终结的胚芽。在我眼中，这种模糊暧昧并未让近四世纪的欧洲因而逊色，更因为我不是哲学家而是小说家，我对这四个世纪就愈加依恋了。事实上，对我来说，现代的奠基者不只笛卡儿一人，塞万提斯也是。

或许两位现象学家在他们对于现代的评论之中，忽略的正是塞万提斯。对此，我想说：如果哲学与科学确实遗忘了人的存在，这似乎就更清楚了，一门伟大的欧洲艺术因为塞万提斯而成形，而这艺术，正是对这被遗忘的存在进行的探索。

---

① Edmund Husserl（1859—1938），德国哲学家，二十世纪现象学派的创始人。

② 德文，生活世界。胡塞尔主张人们所处的是一个经由不同主体共同建构的“生活世界”，是一个具有互为主体性（intersubjectivity）的意义网络。

③ 海德格尔在其著作《存在与时间》中指出，整体的西方哲学史都将“存在”的问题作为“存在者”的问题处理，从而导致“存在的遗忘”。

事实上，所有海德格尔在《存在与时间》里分析的重大的存在主题（他认为整个过去的欧洲哲学都将这些主题弃置不顾），都在欧洲小说的四个世纪里被揭示、展现、阐明了。小说以它特有的方式，通过它特有的逻辑，一一发现了存在的种种不同方面：小说和塞万提斯同时代的作家一起，它提出的问题是何谓冒险；和塞缪尔·理查森[①]一起，小说开始检视“内在发生的事”，揭示情感的秘密生活；和巴尔扎克一起，小说发现了人在历史里头扎根；和福楼拜一起，小说探索了当时仍无人知晓的日常生活土壤[②]；和托尔斯泰一起，小说俯身探视非理性如何介入人的决定和行为。小说探测着时光：小说和马塞尔·普鲁斯特一起，探测那无法捕捉的过去的时刻；小说和詹姆斯·乔伊斯一起，探测那无法捕捉的现在的时刻。小说和托马斯·曼一起，质疑神话扮演的角色：来自时光深处的神话，为何遥遥支使着我们的脚步。诸如此类。

小说自现代伊始，便恒常而忠实地陪伴着人。“认识的激情”（胡塞尔视之为欧洲精神的本质）于是占据了小说，让小说去细细探索并且保护人的具体生活，对抗“存在的遗忘”；让小说可以永恒观照“生活世界”。正是在这样的意义下，我理解并且赞同赫尔曼·布洛赫[③]执拗的重复：发现那些唯有小说才能发现的事，这是小说唯一的存在理由。一部小说如果没有发现一件至今不为人知的事物，是不道德的。认识，是小说唯一的道德。

我还要帮他补充以下这一点：小说是欧洲的产物；小说的种种发现，尽管在不同的语言之中进行，还是属于整个欧洲。延续不断的发现（而不是书写数量的增加）造就了欧洲小说的历史。只有在这个超越国家的脉络下，一部作品的价值（也就是说，一部作品的发现所产生的影响）才能全然被看见，全然被理解。

---

①Samuel Richardson（1689—1761），英国小说家。一七四〇至一七四一年出版了书信体小说《帕梅拉》（*Pamela*）（共三卷），文学史上称之为英国的第一部小说。

②“无人知晓”和“土壤”，原文为拉丁文 *incognita* 和 *terra*。

③ Hermann Broch（1886—1951），奥地利小说家，著有三部曲小说《梦游者》等书。

3

当上帝缓缓离开他曾经号令宇宙并为其规定价值秩序、分隔善恶并赋予万物意义的那个位置，唐吉诃德也走出了他的家园，他再也认不得这个世界。至高无上的审判者缺席了，世界猝然出现在一片骇人的模糊暧昧之中；独一无二的神圣真理离析为人们赞同的几百个相对真理。现代世界于是诞生，而小说（现代世界的图像与模型）也一同诞生。

与笛卡儿一同将思考的自我（*ego pensant*）理解为一切的基础，单独地面对宇宙，这种态度，黑格尔理所当然认为是英勇的。

与塞万提斯一同将世界理解为一团模糊暧昧，要起身迎击的不是一个绝对的真理，而是一堆相互矛盾的相对真理（一堆真理掺到一些被称为小说人物的想象的自我〔*ego imaginaire*〕里），因此唯一能确定的便是关于不确定事物的智慧（*sagesse de l'incertitude*），如此所需的力量并不亚于前者。

塞万提斯这部伟大的小说想说的是什么？我们有大量的文献在探讨这个主题。有人声称在这部小说里看到唐吉诃德对于虚无缥缈的理想主义进行理性主义的批判。也有人说在里头看到对于这个理想主义的歌颂。这两种诠释都是谬误的，因为它们想在小说的基础上寻找的不是一个提问，而是一个预设的道德成见。

人总是期望一个善恶分明的世界，因为在人的身上有某种天生且无法驯服的欲望，让人在理解之前先行判断。种种宗教和意识形态即建立在此欲望之上。宗教和意识形态无法与小说和平共存，除非它们能将小说相对和模糊暧昧的语言转化为它们必然的教条论述。宗教和意识形态要求人家说出个道理；要么安娜·卡列宁娜的死是因为有个家伙顽固专断，要么卡列宁是因为有个女人不道德而成为受害者；要么K是无辜的，他被不正义的法庭毁灭，要么隐身在法庭背后的是神圣的正义，而K是有罪的。

这般“或许这样／或许那样”之中，蕴含的是对于人类事物本质相对性的无能承受，也无能逼视至高无上的审判者缺席的事实。正因为这种无能，要让人能接受、理解小说的智慧（关于不确定事物的智慧）就成了一件难事。

4

唐吉诃德离开家园，走向一个在他面前敞开的世界。他可以随心所欲地进入这个世界，而只要他愿意，他也可以随时回到家里。欧洲最早期的小说写的都是横越世界的旅程，而世界看似无界无限。小说《宿命论者雅克》[①]的开头，两位主人翁突然出现在半路上；我们既不知道他们打哪儿来，也不知道他们要往哪儿去。他们处在一个既非开始也非结束的时间里，处在一个无人能知边界何在的空间里，这地方在欧洲的中央，而对欧洲来说，未来永远没有终点。

狄德罗之后半个世纪，在巴尔扎克的作品里，遥远的地平线消失了，有如隐没在现代建筑之后的风景，这些现代建筑就是社会制度：警察、法院、金融与犯罪的世界、军队、国家。属于塞万提斯或狄德罗的游手好闲的幸福时光，在巴尔扎克的时代已不复重现。它被打包装上了那辆被唤作历史的火车。这火车上去容易下来难。可这火车还没有任何吓人的东西，甚至，它还有点魅力；它向所有的乘客允诺着冒险，和冒险一同的，还有元帅的令牌。

再后来，对于爱玛·包法利来说，地平线竟然退缩到有如修道院的围墙。冒险在围墙之外，怀旧令人无法忍受。在无聊沉闷的日常生活中，梦与空想日益重要。外在世界的无限失去了，灵魂的无限取而代之。个人的独特性无可取代，这是欧洲最美丽的幻象之一，伟大的幻象如繁花盛开。

可是，当历史（或者说那些留下来的东西）——亦即一个全

① 法国启蒙运动思想家狄德罗（Denis Diderot, 1713—1784）的小说。

能的社会所拥有的超人力量——占据人心之际，关于灵魂无限的梦就失去了它的魔力。历史不再向人允诺元帅的令牌，它只勉勉强强给人一个土地测量员的职位。面对法庭的K，面对城堡的K[①]，他能做什么？没什么了不起的事。至少，他能像从前的爱玛·包法利那样梦想吗？不，境遇的陷阱太可怕了，像一台吸尘器，把他所有思想、所有感情都吸了进去：他只能去想他的审判，只能去想他土地测量员的职位。灵魂的无限（如果人有灵魂的话），成了近乎无用的阑尾。

5

小说发展的道路浮现在那儿，有如一部与现代平行演进的历史。倘若我回首瞻望这部历史的全景，奇怪的是，它看起来短暂而封闭。唐吉诃德自己，在三个世纪之后，不是扮成土地测量员回到村庄了吗？从前，他离开是为了选择他要的冒险，而现在，在这城堡之下的村庄里，他已经没有选择了，冒险是强加在他身上的：为了他档案里的一个错误，跟行政机关进行一场没有意义的诉讼。三个世纪之后，冒险，这个属于小说的第一个伟大主题究竟发生了什么变化？冒险成了对冒险本身的戏仿（parodie）吗？这是什么意思？小说发展的道路将以悖论告终吗？

是的，我们可以这么想。而且，悖论不只一个，而是为数众多。《好兵帅克历险记》或许是最后一本伟大的大众小说。这部喜剧小说同时也是一部战争小说，其中情节的推展都发生在军队，在前线，这不令人惊奇吗？战争和它的恐怖究竟发生了什么变化，竟然成了让人发笑的主题？

在荷马的作品里，在托尔斯泰的作品里，战争拥有十足清晰可辨的意义：人们为了美丽的海伦或为了俄罗斯而战。帅克和他

① 卡夫卡的小说《审判》和《城堡》的主人翁都叫作K。

的同袍走向前线，却不知为何而战，而更令人惊讶的是，他们对此也没有兴趣。

可是，战争的原动力若非海伦亦非祖国，那究竟是什么？是单纯的力量意欲证实自身的力量吗？是海德格尔后来提出的那个“追求意志的意志”（volonté de volonté）吗？可是，所有战争的背后不是始终都存在着力量吗？是的，力量当然存在。可是这次，在哈谢克的作品里，这力量甚至连最起码的辩词都不找来遮掩一下。没有人相信絮絮叨叨的宣传，连生产这些宣传的人自己都不信。这力量是赤裸裸的，和卡夫卡小说里的力量一样赤裸。事实上，法庭从处决K这件事上头得不到任何好处，同样的，城堡去烦扰土地测量员也是无利可图。为什么昨天的德国、今天的俄国想要统治世界？为了变得更富有？更幸福？不。这种力量的侵略性对此完全没有兴趣；没有动机；它只想追求它的意志；它就是纯粹的非理性。

卡夫卡与哈谢克呈现在我们面前的，正是这样一个巨大的悖论：在现代，笛卡儿主义的理性将一切传承自中世纪的价值一一侵蚀毁坏。然而，就在理性全面胜利之际，占据了世界舞台的却是纯粹的非理性（这种力量仅意欲它自身的意志），因为不再有任何世人共同承认的价值体系可以阻挡理性。

这个悖论，赫尔曼·布洛赫的小说《梦游者》有极出色的阐述，这是我喜欢称之为终极悖论的一个例子。这类的悖论还有别的。譬如：现代孕育了某种人类的梦想，梦想着有一天，人类分化为各自分离的不同文明可以统一，随之而来的则是永恒的和平。今天，地球的历史终于成为不可分的整体，然而却是战争——四处流动、永无休止的战争——实现并且保障这个人类长久以来梦想的统一。人类的统一意味着：任何人都无处可逃。

6

胡塞尔的演讲提到欧洲的危机以及欧洲人文消失的可能性，

这几场演讲是他的哲学遗嘱。他在中欧的两个首都宣读了这些东西。这个巧合具有深刻的意义：事实上，正是在同一个中欧，西方第一次在它的现代史上看到了西方的死亡，或者说得精确些，当华沙、布达佩斯、布拉格被俄罗斯帝国侵吞时，西方看到它自己的一部分被人肢解了。这个不幸，在第一次世界大战就已种下祸根，哈布斯堡王朝发动战争，导致了这个帝国的终结，从此晃动着衰退的欧洲，永无止境。

最后的和平时代已经过去了，那时，人只要对抗他灵魂的恶魔，那是乔伊斯的时代，是普鲁斯特的时代。在卡夫卡、哈谢克、穆齐尔[①]、布洛赫的小说里，恶魔是从外头来的，我们称之为历史；历史不再像是冒险者的火车；历史是不具个人性、无法操纵、无法计算、无法理解的——而且无人能逃避。正是在此刻（一九一四年的战争之后不久），中欧伟大杰出的小说家们领会、接触、捕捉到种种现代的终极悖论。

但是也不能把他们的小说当作社会与政治的预言来读，当作预先出现的奥威尔[②]小说来读。奥威尔对我们说的，在一篇论述的文字或抨击的文章里可以说得一样好（或者好得多）。相反，这些中欧的小说家发现了“唯有小说才能发现的事”；他们展示了一切存在的范畴如何在“终极悖论”的境况里猝然改变了意义：如果K的行动自由全然是虚幻的，那么冒险是什么？如果《没有个性的人》里的知识分子对于明日即将扫荡他们生活的战争没有任何猜疑，那么未来是什么？如果布洛赫笔下的胡格瑙对于他做出的杀人行为不仅不后悔，甚至将之遗忘，那么犯罪是什么？如果这个时代仅有的一部伟大的喜剧小说（哈谢克的小说），它的舞台是战争，那么喜剧究竟发生了什么变化？如果K甚至在他做爱的床上也甩不掉那两个城堡派来的人，那么私人领域和公共领域之间的区别在哪里？在这样的情况下，孤独又是什么？一个重担？一种焦虑？一种诅咒？如同人们要我们相信的那般？或者相反，孤独是最珍贵的价值，即将被那无所不在的集体性

① Robert Musil（1880—1942），奥地利小说家，长篇小说《没有个性的人》为其代表作。

② George Orwell（1903—1950），英国小说家，《一九八四》《动物农庄》等小说的作者。

摧毁？

小说的历史分期都很长（和流行趋势狂热的变化毫不相干），这些分期的特色依据的是小说首先要检视的存在的种种方面。于是，福楼拜在日常生活中的发现所蕴含的各种可能性，要到七十年之后才在詹姆斯·乔伊斯的巨作之中得到充分的发展。五十年前，由杰出的中欧小说家开启的时期（终极悖论的时期），在我看来，距离结束还很远。

7

长久以来，人们常说到小说的终结：尤其是未来主义者、超现实主义者，以及大部分的先锋派。他们预见小说会消失在进步的道路上，让位给一个彻头彻尾崭新的未来，让位给一门与先前曾经存在过的任何东西都不相像的艺术。小说将被人以历史的正义之名埋葬，如同贫困、统治阶级、旧款汽车或大礼帽一样。

但是，如果塞万提斯是现代的奠基者，他的传承终结了，其意义在文学形式的历史上应该不止于单纯的交替；其传承的终结，宣告的应该是现代的终结。这正是为什么有人在宣读小说的讣告时，那种心满意足的微笑在我看来是无意义的。无意义，因为我已看过也经历过小说的死亡，小说残酷的死亡（死于查禁、审查、意识形态压制的种种手段），就在我度过大半生的那个世界（习惯上我们称之为极权的世界）。彼时，清清楚楚的，小说濒临灭亡；和现代西方一样濒临灭亡。小说作为这个世界的模型，奠基于人类事物的相对性与模糊暧昧，小说和极权的世界是互不相容的。这种不兼容，比异议分子与当朝红人之间、比区隔人权斗士与施刑者之间的不兼容还要深远，因为这不仅仅是政治或道德上的不兼容，这种不兼容，是本体论的（*ontologique*）。也就是说：根植于唯一真理的世界与模糊暧昧又相对的小说世界，是用全然不同的材料捏出来的。极权的真理排除相对性，排除怀疑，排除质疑，这真理与我称之为小说精神的东西也就永远无法和平共存。

可是，在共产主义体制的俄国，小说不也是以成千上万的巨大印量在发行，并且极受欢迎吗？是的，可这些小说不再延续那对于生命的征伐探索。这些小说不再发现任何一小块新的存在；只是跟着去确认一些人们已经说过的东西；而且，这种人云亦云的追认，蕴含着这些小说存在的理由、它们的光荣以及它们在所处社会里的功用。这些小说什么也没发现，它们不再参与我所说的小说的历史，亦即延续不断的发现；它们处于这个历史的外面，或者这么说：这些书是小说的历史终结之后的小说。

约莫半个世纪前，小说的历史在共产主义体制的俄国中断了。俄国小说从果戈理到别雷[①]建立了伟大的成就，从这般伟大的成就来看，小说历史的中断是一桩巨大无比的事。因此，小说的死亡不是个荒诞的念头。小说的死亡已经发生了。而我们现在知道，小说是如何死亡的：并不是小说消失了，而是小说的历史中断了：身后只留下重复的时代，在这个时代里，小说复制着自己的形式，形式里的精神却已经被掏空了。所以，这是一场被隐匿的死亡，发生的时候无人察觉，也没有刺激到任何人。

8

可小说不是依着自身的内在逻辑，走到了路的尽头吗？小说不是已经穷尽了它的一切可能性、一切知识与一切形式吗？我听过人家拿那些耗竭已久的煤矿来比拟小说的历史，可是，小说的历史不是比较像墓地吗？里头埋藏着错失的机会和无人听闻的召唤，不是吗？这当中有四个召唤，我的感受特别深。

游戏的召唤——今天，在我看来，劳伦斯·斯特恩[2]的《项狄

① Andreï Biely（1880—1934），俄国小说家，著有《银鸽》《彼得堡》等。

② Laurence Sterne（1713—1768），英国作家。

传》和德尼·狄德罗的《宿命论者雅克》可以说是十八世纪最伟大的两部小说作品，这两部小说的构思宛如一场壮丽的游戏。这是属于轻盈的两个顶峰，前无古人，后无来者。后来的小说都被逼真的要求、写实主义的背景描写、编年记事的严格规范给绑住了，因而放弃了这两部大师之作所蕴含的种种可能性，这些可能性可以缔造小说的另一种演变，不同于我们认识的演进历程（是的，我们也可以想象欧洲小说的另一种历史……）。

梦的召唤——十九世纪沉睡的想象力被弗兰茨·卡夫卡猝然唤醒，他所成就的，是后世的超现实主义者求索却不曾真正完成的：梦与真实的融合。这个巨大的发现与其说是一次演变的完成，不如说是一次意想不到的开放。它让人知道，小说是可以让想象力尽情爆发之地，就像在梦里；它也让人知道，关于逼真的要求看似无可避免，但小说可以摆脱它。

思想的召唤——穆齐尔与布洛赫把一种无比崇高且光芒四射的智力带上了小说的舞台。他们不是要把小说改造成哲学，而是在叙事的基础上运用所有理性的、非理性的、叙述的、沉思的可能手段，观照人类的存在；让小说成为至高无上的智力的结晶。他们的功绩，是完成了小说的历史？或者，该说是一趟漫长旅程的邀约？

时间的召唤——终极悖论的时期激励着小说家不再把时间的问题局限于普鲁斯特的个人记忆，而是将之扩大为集体时间之谜，欧洲的时间之谜。欧洲转身回顾，为了瞻望过去，为了给自己做出总结，为了理解自己的历史，就像一个老人，一眼看清自己流逝的生命。由此，小说产生了这样的向往：它想要摆脱个人生命的时间限制，因为小说直到当时一直被安置其中；它想要把好几个历史年代放进它的空间里（阿拉贡[①]与富恩特斯[②]已经做过这样的尝试）。

但我无意预言小说未来的道路，我对此一无所知；我只想说：如果小说真的得消失，那不是因为它的气力耗尽了，而是因

① Louis Aragon（1897—1982），法国诗人、小说家、超现实主义文学健将。

② Carlos Fuentes（1928—2012），墨西哥小说家，一九八七年塞万提斯文学奖得主。

为它置身于一个不再属于它的世界。

9

伴随着地球历史的统一——上帝恶毒地允许这个人文主义的梦想实现——随之而来的，是令人眩晕的简化进程。确实，简化所统领的白蚁大军长久以来一直啃噬着人类的生活：即便最伟大的爱情最后也会被简化成一副由淡淡回忆组成的骨架。但是现代社会的特性像恶魔似的，又强化了这个诅咒：人的生活被简化为它的社会功能；一个民族的历史被简化为几个事件，而这些事件又被简化成一个戴着有色眼镜的诠释；社会生活被简化为政治斗争，政治斗争又被简化为仅仅是地球上两大强权的对立。人置身于一个真正的简化的漩涡里，在其中，胡塞尔所说的“生活世界”宿命式地黯淡了，存在堕入了遗忘之中。

然而，倘若小说存在的理由是要把“生活世界”放在一个永恒的观照之下，并且帮我们对抗“存在的遗忘”，那么，今日小说的存在不是比过去任何时刻都更有必要吗？

是的，在我看来是这样的。但是，可惜啊，小说也不能幸免，它也被简化所统领的白蚁大军好好啃了一顿，这群白蚁不仅简化了世界的意义，也简化了作品的意义。小说（一如整个文化）渐渐掉进了媒体的手中；而媒体作为统一地球历史的代理人，时时刻刻强化着、导引汇流着简化的进程；媒体在全世界散布着相同的简单化事物与刻板印象，这些东西可以让大多数人接受，可以让所有人接受，可以让全人类接受。不同的机关刊物展现着不同的政治利益，但这并不重要。在这层表面差异的背后，有一种共同的精神主导着。只要翻一翻美国或欧洲的政论周刊，左派也好，右派也好，从《时代》周刊到《明镜》周刊；这些周刊对于生活都拥有相同的看法，反映在相同的目录排序方式、相同的专栏、相同的新闻格式、相同的语汇和相同的文体，反映在相同的艺术品位，以及用相同的等级去划分这些周刊觉得重要或微不足道的东西。这种大众传播媒体的共同精神隐身在它们形形色色的政治主张背后，这共同的精神，就是我们时代的精神。在我看来，这种精神与小说的精神相反。

小说的精神是复杂的精神。每一部小说都对读者说："事情比你想象的复杂。"这是小说的永恒真理，但是在简单快速响应的喧哗之中，这样的真理越来越少让人听见了，喧哗之声先于问题而行，并且拒斥了问题。对我们时代的精神来说，要么是安娜有理，要么是卡列宁有理，而塞万提斯却向我们诉说着知之不易，告诉我们真理是无从掌握的，可他老迈的智慧却看似笨重累赘又无用。

小说的精神是延续的精神：每一部作品都是对于先前所有作品的响应，每一部作品都蕴含着小说过往的全部经验。可是我们时代的精神却只盯着现时的事物，这些事物如此外扩，如此广泛，推斥着我们的视线所及的过去，也把时间简化为仅仅是现在的那一秒钟。小说被并入了这个体系，就不再是作品了（作品是要持续下去，可以连接过去与未来的东西），它成了与其他事件一样的现时事件，成了一个没有明天的行动。

10

这是不是说，在这个“不再属于它”的世界里，小说即将消失？小说即将让欧洲陷入“存在的遗忘”？世上只剩下写作狂们无穷无尽的胡言乱语，只剩下小说的历史终结之后的小说？对此我一无所知。我只相信自己知道小说和我们时代的精神不可能再和平共存：如果小说还想继续发现那些尚未被发现的事物，如果小说还想作为小说而“进步”，那么小说只有对抗世界的进步一途。

先锋艺术对于事情的理解就不一样了；先锋艺术被那与未来和谐共存的野心附身。先锋派的艺术家创造了一些作品，这些作品确实是有勇气、高难度，具有挑衅性，遭人嘲骂，但是先锋艺术家创造这些作品的时候，心底确信“时代精神”与他们同在，而且明天，“时代精神”会证明他们是对的。

从前，我也一样，我把未来当作唯一有能力评价我们作品和行动的审判者。后来我才明白，与未来调情是最低劣的因循随俗，是对最强者做出的懦弱奉承。因为未来总是强过现在。毕竟，将来审判我们的，正是未来。可是未来肯定不能胜任。

然而，如果未来在我眼里不具任何价值，那么我依恋的是谁：上帝？祖国？人民？还是个人？

我的回答既可笑又真诚：我什么也不依恋，除了塞万提斯被贬低的传承。

第二部

关于小说艺术的对话

克里斯蒂安·萨尔蒙：我希望这次谈话可以集中在您的小说的美学。可是，该从哪里开始呢？

米兰·昆德拉：从确认开始：我的小说不是心理小说。说得更准确些：我的小说在我们常说的心理小说的美学范畴之外。

萨：可是，所有的小说不都必然是心理小说吗？也就是说，都关注着心理之谜。

昆：我们说得再精确一点：所有时代的所有小说都会关注“我”这个谜。只要您创造了一个想象的生命，一个人物，您就会自然而然地面临一个问题：“我”是什么？该用什么来捕捉这个“我”？小说之所以为小说，正是建立在这一类的基本问题之上。通过对于这个问题的不同响应，您愿意的话，可以区分出几个不同的派别，还有，或许也可以区分出小说历史上的几个不同时期。刻画心理，欧洲最早的那些叙事者甚至还不曾认识这样的手法。薄伽丘跟我们说的故事里，只有一些行动和冒险。然而，在所有这类有意思的故事背后，我们可以看到一个信念：通过行动，人走出了那个所有人都和所有人相似的日常生活，走出了日常生活重复的宇宙；通过行动，人把自己从其他人当中区分出来，成为个体。但丁如是说："在一切行动里，行动者的第一个意图都是要展露自己的形象。"刚开始的时候，行动被理解为行动者的自画像。薄伽丘之后四个世纪，狄德罗抱持的是比较怀疑的态度：他的宿命论者雅克勾引了朋友的未婚妻，雅克开心得喝醉了，他父亲把他狠狠地揍了一顿，一支军队经过那里，他在气头上，就从军去了。第一场战役，他的膝盖吃了一颗子弹，于是跛了一辈子。雅克想要的是展开他的爱情冒险，但在现实里，他却走向了残疾之路。他永远也无法在他的行为里认出自己。在行为和他之间，有着一道裂痕。人想要通过行动展露自己的形象，可这形象却不像他。行动的悖论式性格，是小说的重大发现之一。但是，如果在行动之中，"我"是无法捕捉的，那么我们该到何处、该要如何捕捉这个"我"？时候到了，小说在寻找"我"的路途上，就得离开看得见的行动世界，将注意力投入看不见的内在生活。在十八世纪中期，理查森发现以书信构成的小说形式，书中的人物告白着他们的思想和情感。

萨： 这就是心理小说的诞生吗？

昆： 这个词，当然，它并不准确，只是近似的说法。让我们避开这个词，换个说法：理查森把小说推上探索人类内在生活的道路。我们都认识那些伟大的后继者：写《维特》的歌德、拉克洛[①]、贡斯当[②]，接着是司汤达以及他那个世纪的作家。在我看来，这个演变的最高点就在普鲁斯特和乔伊斯的作品里。乔伊斯分析了比普鲁斯特“失去的时光”更难以捕捉的某种东西，那就是：现在的时刻。显然没有比现在的时刻更显而易见、更可感知、更可触及的东西了。可是，它却完完全全地逃离我们。生命的所有悲哀就在这里。仅仅在一秒之中，我们的视觉、听觉、嗅觉（有意或无意地）记录着一堆事件，然后，经由我们的头脑，传递一连串的感觉和想法。每个时刻都代表着一个小小的宇宙，却在下一刻被遗忘，无法挽回。但是，乔伊斯巨大的显微镜却懂得停留，

---

① Pierre Choderlos de Laclos（1741—1803），法国小说家，著有《危险关系》等。

② Benjamin Constant（1767—1830），法国小说家。

懂得捕捉这短暂的片刻并让我们看到。不过，对“我”的探索却再次以悖论告终：观察“我”的显微镜的镜头越大，“我”及其独特性就越从我们这儿脱逃：乔伊斯巨大的透镜将灵魂解析为原子，在这样的透镜底下，我们每个人都是一样的。但是，如果“我”及其独特的性格在人的内在生活里是无法捕捉的，那么我们该到何处，该要如何捕捉它们？

萨：我们能捕捉得到这些吗？

昆：当然捕捉不到。对“我”的探索一向并且将永远以悖论式的缺憾告终。我不会说这是失败。因为小说不可能摆脱自身的可能性所带来的限制，而且，揭示这些限制已经是一个巨大的发现，一个认识上的巨大功绩了。尽管对于“我”的内在生活的细致探索已经接触到本质，伟大的小说家们还是开始寻找新的方向，不论是有意识或无意识地。人们经常提到现代小说的三位圣神：普鲁斯特、乔伊斯、卡夫卡。但是，依我看，这个三位一体的组合并不存在。在我个人心中的小说历史里，是卡夫卡开启了新的方向：后普鲁斯特的方向。他构想“我”的方法是前所未见的。K通过什么被界定为独特的生命？既不是他的外表（我们对此一无所知），也不是他的生平（我们也不知道），不是他的名字（他没有），也不是他的回忆、习性或情结。那么，是通过他的行为吗？他自由活动的范围有限得可怜。或者，是通过他的内在思想？是的，卡夫卡不停跟随着K的思考，但这些思考都转向现在的处境，无一例外：K在那儿，在那一刻该做什么？去接受审问或是逃避？该不该听从神甫的召唤？K全部的内在生活都被这个处境给耗尽了，他陷在这个处境的陷阱里，小说也没有向我们显示任何让他脱出这个处境的可能性（K的回忆、K的形而上思考、K对于其他人的看法）。对普鲁斯特来说，人的内在宇宙构成一个奇迹，那是一种无限，可以不停地带给我们惊奇。但是卡夫卡的惊奇却不在这里。卡夫卡不问决定人类行为的内在动机为何。他提出的是一个根本不同的问题：在一个外部的限定条件已经具有如此压倒性的地位，而内在动机不再有任何重量的世界里，人的可能性还能是什么？事实上，即使K有同性恋的冲动或是有过一段痛苦的爱情故事，这对他的命运，对他的态度来说，能有什么不同呢？什么也没有。

萨：这就是您在《不能承受的生命之轻》里所说的："小说不是作者的告白，而是在这已然成为陷阱的世界里探索人类的生活。"可是，这里说的陷阱是什么意思？

昆：生活是一个陷阱，关于这个，人们从来就知道：我们不曾提出要求就被生了下来，被关在一个我们不曾选择并且注定要死去的躯体里。相反，世界的空间却给了人们某种永久逃逸的可能性。一个士兵可以逃离军队，在邻国开始另一种生活。在我们这个世纪，猝然之间，世界把我们的周围封闭起来了。让世界变成陷阱的决定性事件，可以说是一九一四年的战争，它叫作（也是历史上第一次这么说）世界大战。"世界"的说法是错的。战争只涉及欧洲，甚至还不是整个欧洲。然而事实是，地球上发生的一切从此不再是地区性的事务，所有灾难都涉及世界整体，于是，我们越来越被外在事物决定，被那些无人能逃脱却又让人彼此越来越相像的处境所决定，越是如此，"世界"这个形容词就越有说服力，它表达了人们面对这个事实的恐惧感。

可是，请试着理解我。若说我置身于所谓的心理小说之外，那并不是说我要把我小说人物的内心生活剥除。这个讲法只是要说，我的小说首先要追求的，是其他的谜，是其他的问题。这个讲法也无意说，我反对那些着迷于心理状态的小说。普鲁斯特之后处境的改变，对我来说毋宁是充满了乡愁。随着普鲁斯特，一种巨大无边的美缓缓离开我们。永—不—回—头。贡布罗维奇[①]有一个滑稽又天才的想法。他说，我们的“我”的重量取决于地球上的人口数量。所以，德谟克利特[②]相当于人类四亿分之一的重量；勃拉姆斯相当于十亿分之一；贡布罗维奇自己则相当于二十亿分之一。从这个算数的观点看来，普鲁斯特的无限所占的重量，一个“我”的重量，一个“我”的内在生活所占的重量，就变得越来越轻了。而在这奔向轻盈的路途上，我们已然摆脱了一个宿命的限制。

① Witold Gombrowicz（1904—1969），波兰小说家、剧作家。

② Demokritos（约前460—前370），古希腊哲学家，原子论的创始者之一。

萨：从您早期的作品开始，“我”的“不能承受之轻”就是您最执迷的主题。我想到的是短篇小说集《好笑的爱》；就拿《爱德华与上帝》这个短篇当作例子好了。爱德华跟年轻的阿丽丝度过做爱的第一夜之后，爱德华突然感到一种奇怪的不安，这种不安在他的故事里具有决定性的意义：他看着他的女朋友，心想：“阿丽丝的思想只不过是镶嵌在她命运上的一件东西，而她的命运只不过是镶嵌在她肉体上的一件东西，而他在她的身体上看到的只是一个肉体、一些思想和一段履历的偶然组合，无机、随意、不稳定的组合。”在另一个短篇《搭车游戏》里也是，在故事的最后几段，那个女孩因为无法确定自己的身份认同，心绪非常的紊乱，她一边啜泣，一边反复说着：“我是我，我是我，我是我……”

昆：在《不能承受的生命之轻》里头，特蕾莎看着镜子里的自己。她问自己，如果她的鼻子每天变长一毫米，那会怎么样？要过多久，她的脸会变得让人认不出来？而如果她的脸不再像特蕾莎，那么特蕾莎是否还会是特蕾莎？“我”从何处开始，于何处终结？您看：在灵魂无从探测的无限面前，是没有任何惊奇的。

要说有惊奇，那毋宁是在“我”及其认同的不确定之中。

萨：在您的小说里，内心独白是完全缺席的。

昆：在布卢姆[1]的脑袋里，乔伊斯放了一支麦克风。通过内心独白这个神奇的卧底，关于我们是什么，我们知道了非常多的事。可是我不知道怎么用这支麦克风。

萨：在乔伊斯的《尤利西斯》里头，内心独白贯穿整部小说，那是小说结构的基础，是主要的手法。在您的作品里，扮演这个角色的，是哲学思考吗？

昆：我觉得“哲学”这个词并不恰当。哲学是在一个抽象的空间里发展它的思想，没有人物，没有处境。

萨：您以一段关于尼采的永恒轮回的反思作为《不能承受的生命之轻》的开头，如果这不是一个以没有人物、没有处境的抽象方式发展的哲学思考，那又是什么？

---

① Bloom，乔伊斯小说《尤利西斯》的主人翁。

昆：当然不是！这个反思，从小说的第一行开始就直接引入了一个人物——托马斯——的基本处境；这个反思阐述了托马斯的问题：一个没有永恒轮回的世界里的存在之轻。您看，我们终究回到了我们的问题上：置身于所谓心理小说之外的，是什么？换个说法：捕捉“我”的非心理方法是什么？捕捉一个“我”，在我的小说里，这是说要捕捉到“我”的存在的问题意识本质。捕捉到“我”的*存在编码*。写作《不能承受的生命之轻》的时候，我领悟到每一个人物都是由某几个关键词所构成。特蕾莎的关键词是：身体、灵魂、眩晕、软弱、田园牧歌、天堂。托马斯则是：轻、重。在名为《不解之词》那一章，我检视了弗兰茨和萨比娜的存在编码，同时也分析了好几个词：女人、忠诚、背叛、音乐、黑暗、光明、游行、美、祖国、墓地、力量。这里的每一个词，在其他人的存在编码里都有不同的意义。当然，这编码没有被*抽象地*研究，而是渐渐在行动之中，在处境之中显露出来。就拿《生活在别处》当例子好了，我们看小说的第三部：里头的主角，那个腼腆的雅罗米尔，他还是个处男。一天，他跟女友散步的时候，他的女友突然把头靠在他的肩上。他的心里满溢着幸福，身体也亢奋起来。我在这个微小的事件上停了下来，并且指出："雅罗米尔至此为止所体验到的最大幸福，就是一个姑娘将头靠在了他的肩上。"从这里开始，我努力要捕捉雅罗米尔的肉欲绮想："对他来说，一个姑娘的头比一个姑娘的身体更具意义。"我得说清楚，这可不是说他对女孩子的身体没有兴趣，而是说："他所欲求的不是姑娘裸露的身体，他欲求的是在裸体的光芒照耀下的姑娘的脸蛋。他不是要占有姑娘的身体；他要的是占有姑娘的脸蛋，而这张脸蛋将身体赠予他，作为爱情的证明。"我试着赋予这种态度一个名字。我选择了温情这个词。我检视这个词：究其实，温情是什么？我找到一连串的答案："温情只有当我们已届成年，满怀恐惧地回想起种种我们在童年时不可能意识到的童年的好处时才能存在。"接着是："温情，是成年带给我们的恐惧。"还有另一个定义："温情，是想建立一个人造的空间的企图，在这个人造的空间里，将他人当孩子来对待。"您看，我并没有向您呈现雅罗米尔脑袋里的变化，我呈现的毋宁是我自己脑袋里的变化：我观察我的雅罗米尔许久，我试着一步步接近他的态度的核心，好理解这个态度，为它命名，捕捉它。

在《不能承受的生命之轻》里，特蕾莎和托马斯一起生活，可是她的爱情要她发动自己所有的力量，突然之间，她走不下去了，她想要退回到从前，退回到“下面”，退到她的来处。于是我问自己：她怎么了？我找到的答案是：她感到眩晕。可眩晕又是什么？我寻找这个词的定义，然后我说：“一种让人头昏眼花的感觉，一种无法遏止的坠落的欲望。”但是我立刻就修改了，我把定义说得更为清楚：“……眩晕是沉醉于自身的软弱之中。意识到自己的软弱，却并不去抗争，反而自暴自弃。人一旦迷醉于自身的软弱，便会一味软弱下去，会在众人的目光下倒在街头，倒在地上，倒在比地面更低的地方。”眩晕是理解特蕾莎的关键之一。这不是用来理解您或理解我的关键。然而，不论是您或是我，我们至少都知道这种眩晕对我们来说是可能的，这是存在的某种可能性。我得创造出特蕾莎这样一个“实验性的自我”，才能让人理解这种存在的可能性，理解眩晕。

但是，如此质问的对象也不仅止于那些特定的处境，整体而言，小说不过就是一个长长的质问。思考式的质问（质问式的思考）是我构筑所有小说的基础。我们还是继续说《生活在别处》吧。这部小说起初要用的书名是：《抒情诗的年代[①]》。我在最后一刻因为朋友的压力把它改了，因为他们觉得这个书名平淡无味又惹人厌。我让步了，我做了一件蠢事。其实，我觉得以小说最重要的范畴作为书名，是很好的选择。《玩笑》《笑忘录》《不能承受的生命之轻》。甚至《好笑的爱》。我们不应该把这个书名理解为"好玩的爱情故事"。爱情的概念始终与严肃相连，然而，好笑的爱，这是除去了"严肃"的爱情范畴。对现代人来说，这是一个主要的概念。还是回到《生活在别处》吧。这部小说响应了几个问题：什么是激情的态度？青春，作为抒情诗的年代，它又是什

① *Âge lyrique*，或可译作"激情年代"。Âge意为"年代"；lyrique的字义则源自古希腊的"抒情诗"，因抒情诗抒发着热情、激情，引申有"充满激情"之义，而不是局限于温柔软调的"抒情"，可参见本书第六部"抒情的"、"抒情诗"词条。

么？抒情诗—革命—青春，这三者合一的意义是什么？作一个诗人，又是什么意思？记得开始写这部小说的时候，我把先前写在记事本上的这个定义当作创作的假说：诗人是个被母亲引导在世界面前炫耀自己，却无能进入这个世界的年轻人。您看，这个定义既不是社会学的，也不是美学的，也不是心理学的。

萨：这定义是现象学的。

昆：这个形容词还不坏，但我不让自己用这个词。有些教授只把艺术当作哲学和理论思潮的衍生物，我太害怕这些人了。小说在弗洛伊德之前就已经知道了潜意识，在马克思之前就已经知道了阶级斗争，在现象学家出现之前，小说就已经在实践现象学（探寻人类处境的本质）了。普鲁斯特不认识半个现象学家，可是他作品里的“现象学描述”多么精彩！

萨：我们来整理一下。捕捉“我”的方法有好几种。首先，可以通过行动。然后是到内心世界里。至于您，您强调：“我”是被其存在的问题意识本质所决定的。这样的态度在您的作品里衍生出许多后续的特质。譬如，您极度热中于理解人类处境的本质，结果一切描述的技巧似乎都在您眼中失去了作用。您对于您小说人物的外表几乎只字不提。而在探询心理动机这方面，您对于处境的分析比较不感兴趣，您也非常吝于提到小说人物的过去。您叙事过于抽象的特性不会让小说人物变得比较不生动吗？

昆：请您试着拿同样的问题去问卡夫卡或是穆齐尔。问穆齐尔吧，有人已经问过他了。即便一些学养很好的智者，也曾经指责他不是一个真正的小说家。瓦尔特·本雅明[1]赞赏他的聪明才智，而不是他的艺术。爱德华·罗蒂提[2]觉得他的人物没有生命，还建议他拿普鲁斯特当榜样：他说，跟狄奥蒂姆[3]比起来，维尔迪兰夫人[4]多么生动，多么真实啊！事实上，心理写实主义长久的传统创造了几个几乎不可违反的规范：(一)必须尽可能提供关于人物的信息：在外表、说话、行为举止等方面；(二)必须让人知道

① Walter Benjamin（1892—1940），德国籍犹太学者、文艺批评家。

② Éduard Roditi（1910—1992），美国诗人、翻译家。

③ Diotime，穆齐尔小说《没有个性的人》里的人物。

④ Madame Verdurin，普鲁斯特小说《追忆似水年华》里的人物。

人物的过去，因为他现在行为的所有动机都在那里；(三)人物应该拥有完全的独立，也就是说，作者和作者自己的看法应该消失无踪，不要干扰读者，读者想要让自己进入幻想，想要把虚构当作现实。但是，穆齐尔却打破了小说和读者之间的这份老旧合约。还有一些小说家也跟他做了同样的事。布洛赫小说里最重要的人物埃施，关于他的外表，我们知道什么呢？什么也不知道。除了他有几颗很大的牙齿。K的童年，或是帅克的童年，我们知道什么呢？不论是穆齐尔、布洛赫，还是贡布罗维奇，他们没有一个不是毫无顾忌地以自己的想法出现在他们的小说里。小说人物不是对活生生的生命体进行模拟。小说人物是一个想象的生命。一个实验性的自我。如此，小说同它的起始恢复了联系。要把唐吉诃德当作活生生的生命体，这几乎是让人无法想象的事。可是，在我们的记忆里，有哪一个人物比他更活灵活现呢？请试着理解我，我并非蔑视读者和他们天真而正当的欲望——在小说的想象世界里神游，并且不时将小说与现实相混淆。可是我不认为，要达到这个目的，心理写实主义是不可或缺的写作技术。我十四岁的时候第一次读了《城堡》。那时候我很崇拜一个住在我家附近的冰上曲棍球选手，我以他的长相来想象K的模样。直到今天，我想象中的K还是那副长相。我说这件事的意思是，读者的想象会自动把作者的想象变得完整。托马斯的头发是金色的还是棕色的？他的父亲有钱还是没钱？您自己选择吧！

萨：可是您也不是每次都遵循这个规则：在《不能承受的生命之轻》里头，虽然托马斯几乎没有任何过去，但是特蕾莎，她呢，小说不只在介绍她的时候提到她的童年，甚至连她母亲的童年也提到了！

昆：在这本小说里，您可以找到这个句子："她的生命也只是她母亲生命的延续，有点像台球的移动，不过是台球手的胳膊所做的动作的延续。"所以我提到母亲，并不是要列出一张关于特蕾莎的信息清单，而是因为母亲是特蕾莎的主旋律，因为特蕾莎是"她母亲的延续"，并且因此而受苦。我们也知道她的乳房很小，"乳头周围太大太深的乳晕"像是"乡村画家应饥不择食者的要求画出来的淫画"；这个信息是不可或缺的，因为特蕾莎的身体是她另一个重大的主旋律。相反，和她丈夫托马斯有关的部分，我只字未提他的童年、他的父亲、他的母亲、他的家人，我们始终对他的身体和他的脸一无所知，因为属于他存在问题的本质根植于其他的主旋律。这方面信息的缺乏并没有让托马斯变得比较不"生动"。因为让一个小说人物变得"生动"，意味着：对他的存在问题追问到底。这意味着：对于塑造这个人物的某些处境、某些动机，甚至某些字词追问到底。仅此而已。

萨：所以，您对于小说的想法可以定义为一种关于存在的诗意思考。可是，人们并不总是如此理解您的小说。人们在您的小说里看到许多政治事件，这些政治事件给社会学、历史学，或是意识形态的诠释提供了素材。您如何调和您对社会历史的兴趣，以及您对小说首先要探索存在之谜的信念？

昆：海德格尔以一个极为著名的说法形容了存在的特质：in-der-Welt-sein，即"在世界中的存在"。人与世界的关系并非有如主体之于客体，有如眼睛之于画作；甚至也不像演员之于舞台布景的关系。人与世界的相连有如蜗牛与其外壳：世界是人的一部分，世界是人的维度，世界一点一点地变化，存在（在世界中的存在）也随之改变。从巴尔扎克开始，我们的存在所在的世界就有了历史的特质，而小说人物的生活则在一段标上了日期的时间里展开。小说从此永远无法摆脱巴尔扎克的这个传承。就连贡布罗维奇也不例外，他创造了一些荒诞、无稽的故事，他违反了所有要求逼真的规则，可是他也无法逃脱巴尔扎克的这个传承。他的小说都处于一个标注了日期的时间里，而且是全然历史性的时间。不过，有两件事不可混为一谈：小说一方面检视着人类存在的历史维度；另一方面，小说则阐明着某个历史处境，描述着某个特定时间下的一个社会，是一种小说体的史书。您知道所有这些写到法国大革命，写到玛丽王后，或是写到一九一四年，写到苏联的集体化（支持的或反对的），或者写到一九八四年的小说；这些，全都是把非小说性的认识转化为小说语言的通俗化小说。但是，我会永远不厌其烦地重述这一点：小说唯一的存在理由就是说出那些唯有小说才能说出的事。

萨：可是，小说在历史这方面能说出什么特别的东西？或者我这么问：您用什么样的方法来处理历史？

昆：我的几项原则是这样的。第一：所有的历史情境，我以一种极度精简的方式来处理它们。对于历史，我所做的就像是一个舞台设计者，只用几个对情节[①]不可或缺的东西来布置一个抽象的场景。

第二个原则：在历史情境方面，我只保留一些，用来为我的小说人物创造一个具有揭示性的存在处境。譬如在《玩笑》里头，路德维克看到他所有的朋友和同学举手表决，轻轻松松地将他逐出大学，让他的生活因此失衡。他很确定，如果有必要的话，他们也会以同样轻松的态度举手表决，赞成对他施以绞刑。路德维克对人的定义正是由此而来：人就是可以在任何处境里，将邻人推向死亡的一种生物。路德维克根本性的人类学体验就此有了历史的根源，可是历史描述的本身（党所扮演的角色、制造恐怖的政治根源、社会机构的组织等等）并不是我感兴趣的东西，您在这本小说里也看不到这个部分。

第三个原则：史书写的是社会的历史，而不是人的历史。这就是为什么我的小说提到的历史事件经常被史书所遗忘。譬如：在一九六八年俄国入侵捷克斯洛伐克之后的那些年，对人民施行的恐怖以官方策划的大规模灭狗行动为先导。这是一段全然被遗忘的插曲，它对历史学者、政治学者没有什么重要性，不过却有着最高的人类学意涵！我为《告别圆舞曲》铺衬的历史气氛，也仅仅是这段插曲。另一个例子是：在《生活在别处》里头的决定性时刻，历史介入了，介入的形式是一件既不优雅又难看的短衬裤；那个年头找不到别的内裤；雅罗米尔面对他生命中最情色的场面，他怕穿衬裤的样子很可笑，他不敢脱衣服，于是逃跑了。不优雅！这是另一个被遗忘的历史情境，可这历史情境对那些不得不在极权体制下生活的人来说，是多么重要。

不过，走得最远的还是第四个原则：不仅是历史情境该为小说人物创造一个新的存在处境，而且历史本身也应该当作存在处

---

① 原文使用action一词，兼有“行动”和“情节”二义，在《关于小说艺术的对话》里依前后文分别译作“行动”和“情节”，仍有未尽之处，谨此说明，供读者参酌。

境来进行理解和分析。譬如：在《不能承受的生命之轻》里头，亚历山大·杜布切克被俄国军队逮捕、绑架、监禁、威胁，被迫和勃列日涅夫交涉之后，回到布拉格。他在电台讲话，可他说不出话来，他很费力地要让自己缓过气，在句子和句子之间做了几次可怕的、漫长的停顿。这段历史性的插曲（也是一段被完全遗忘的插曲，因为，两个小时之后，电台的技术人员已经被迫将他演说中那些痛苦的停顿给剪掉了），对我揭示的，就是*软弱*。这软弱，是存在之中非常普遍的范畴："面对强力，人总是软弱的，即使拥有杜布切克那样健壮的身体。"特蕾莎无法忍受这个让她厌恶，同时又羞辱了她的软弱场景，她宁愿移居国外。可是面对托马斯的不忠，她就像杜布切克面对勃列日涅夫一样：软弱、无力。您也已经知道什么是眩晕：那就是沉醉于自己的软弱，那就是无法遏止的坠落的欲望。特蕾莎突然明白了，"她属于那些弱者，属于弱者的阵营，属于弱者的国家。她应该忠于他们，因为他们都是弱者，因为他们弱得说话都透不过气来。"而特蕾莎"沉醉于她的软弱"，她离开了托马斯，回到布拉格，回到那个"弱者的城市”。在此，历史处境并非背景，并非展开着人类处境的舞台上的布景，它本身就是一个人类的处境，一个放大的存在处境。

相同的，《笑忘录》里面的布拉格之春也不是在政治—历史—社会的维度里描述的，而是把它当作一个基本的存在处境来描述：人（一代人）在行动（进行一场革命），可是他的行动却逃离了他的掌控，不再听命于他（革命到处在施虐、暗杀、毁灭），人因此得尽一切努力来重新抓住并且驯服这个背离的行为（这代人发起了一场对立的运动，主张改革），却徒劳无功。行动一旦脱离掌控，我们永远也抓不回。

萨：这让我们想起您在开始的时候提到的宿命论者雅克。

昆：可是这一次，关系到的是集体的、历史的处境。

萨：要理解您的小说，是不是应该要了解捷克斯洛伐克的历史？

昆：不必。一切应该要知道的，小说自己都说了。

萨：小说的阅读无需以任何历史知识为前提吗？

昆：我们有欧洲的历史啊。从公元一千年到今天，欧洲的历史只是一场共同的冒险历程。我们都属于这个历史，而我们所有的行动，无论是个人的还是国家的，只有当我们将这些行动与欧洲历史关联起来，才会显出决定性的意涵。即使我不知道西班牙的历史，我还是可以理解《唐吉诃德》。但如果我对欧洲历史的进程——例如骑士时代，艳情风俗，从中世纪到现代的过渡——没有一点概念（尽管只是笼统的概念），我就无法理解这部小说。

萨：在《生活在别处》里头，雅罗米尔的每一段生活都对照着兰波、济慈、莱蒙托夫[①]等人的生平片段。布拉格五一劳动节的游行队伍跟巴黎一九六八年五月学潮的示威抗议混在一起。如此，您为您的主人翁创造了一个包含整个欧洲的广阔舞台。然而，您的小说却发生在布拉格，在一九四八年捷共上台之后达到高潮。

昆：对我来说，这是描述欧洲革命的小说，是欧洲革命真正样貌的缩影。

萨：这场事变是欧洲革命？这还是从莫斯科输入的呢！

昆：这场事变是那么不真实，可它所经历的确实如同一场革命。它所有浮夸的词藻、幻想、反应、动作、罪行，今天在我看来都像是对于欧洲革命传统戏仿式的（parodique）缩影。像是欧洲革命年代的延伸和怪诞的完结。这本小说的主人翁雅罗米尔也一样，他是维克多·雨果和兰波的“延伸”，他是欧洲诗歌怪诞的完结。《玩笑》里的雅洛斯拉夫延伸的是民间艺术的千年历史，背景是这艺术正在消失的年头。《好笑的爱》里的哈威尔医生是个唐璜式的人物，活在风流浪荡不再可能的时刻。《不能承受的生命之轻》里的弗兰茨是欧洲左派伟大的进军所发出的最后一个感伤的回音。而特蕾莎，在波希米亚一个偏僻的村子里，不仅跟她国内的公众生活完全脱离，也脱离了“人类的道路，而人类，‘大自然的主人和所有者’，在这条路上继续向前走。”所有这些人物完成的不仅是他们个人的历史，在此之外，也完成了欧洲冒险历程超越个人的历史。

萨：也就是说，您的小说处于现代的最后一幕，而您称这一

① Arthur Rimbaud（1854—1891），法国象征主义诗人。John Keats（1795—1821），英国浪漫主义诗人。Mikhail Lermontov（1814—1841），俄国诗人。三位都是早夭的诗人。

幕为“终极悖论的时期”。

昆：要这么说也可以。不过我们还是要避免一个误解。我写《好笑的爱》里头关于哈威尔医生的故事，那时候其实并没有打算说一个唐璜式的人物，活在风流浪荡的冒险已然完结的年代。我写的是一个让我觉得很好玩的故事。如此而已。所有这些关于终极悖论等等的反思，并未先于我的小说，而是源于我的小说。那是在写作《不能承受的生命之轻》的时候，受到我的小说人物的启发（这些人物都以某种方式退出这个世界），我才想到笛卡儿那句名言后来的命运：人是“大自然的主人和所有者”。这位“主人和所有者”在科学与技术方面成就了一些奇迹之后，突然领悟到他什么也没有，他既没有主宰大自然（大自然正一点一点地退出地球），也没有主宰历史（历史已经逃脱了掌控），也不能主宰自己（他被自己灵魂的非理性力量所导引）。可是，如果上帝已经离开，如果人又不再是主人，那么究竟谁才是主人？地球在空无之中前进，没有任何主人。这就是了，不能承受的生命之轻。

萨：但是，把现在的时代看作特别的时刻，看作重要性胜于一切的时刻，也就是说，把它看作终结的时刻，这不是一种自我中心的幻象吗？有多少次欧洲不是以为它正经历着自己的终结，经历着自己的末日！

昆：在所有的终极悖论里，请再加上这个终结本身的终极悖论。当一个现象从远处宣告它即将消失，我们有很多人会知道，而且，或许也有很多人会惋惜。可是当现象从临终的时刻走到尽头，我们的目光却已转向别处。死亡是看不见的。河流、夜莺、穿过草地的小径，从人的脑袋消失已经有一段时间了。不再有人需要这些东西了。明天，当大自然从地球消失，谁会发现？奥克塔维奥·帕斯[①]、勒内·夏尔[②]的后继者在哪里？还有什么地方有伟大的诗人？他们消失了，还是他们的声音变得难以听见？无论如何，这是在我们的欧洲发生的巨变，在过去，没有诗人的欧洲是无法想象的。可是，如果人失去对诗歌的需要，他会发现诗

---

① Octavio Paz（1914—1998），墨西哥诗人，一九九〇年诺贝尔文学奖得主。

② René Char（1907—1988），法国超现实主义诗人。

歌的消失吗？终结，并不是一次末日式的爆发。或许，没有什么是比终结更平静的了。

萨：我们暂且就这么说。可是，如果某件事正在走向终结，我们可以假设另一件事正在开始。

昆：当然。

萨：可是开始的是什么？这在您的小说里看不到。这就是为什么我要问这个问题：您是不是只看到了我们历史处境的一半？

昆：有可能，但是也没那么严重。事实上，还是要理解何谓小说。一个历史学者会跟您述说一些发生过的事件。相反，拉斯科尔尼科夫[①]的罪行从来不曾发生。小说不是要检验现实，而是要检验存在。而存在也不是过去发生的事情，存在是人类的可能性发生的场地——人可以成为的一切、人有能力做到的一切。小说家发现人类形形色色的可能性，绘出*存在的地图*。但我还是要再说一次：存在，它的意思是："在世界中的存在"。必须将人物*以及*人物的世界当作*可能性*来理解。在卡夫卡的作品里，这一切都很清楚：卡夫卡的世界跟任何已知的现实都不相似，他的世界是人类世界的一种极端的、未实现的可能性。这种可能性确实从我们现实世界的背后隐约浮现，而且似乎预示着我们的未来。这就是为什么人们会说卡夫卡有预言家的一面。然而即使它的小说不带任何预言性质，依然不减这些小说的价值，因为它们捕捉到存在的某种可能性（人及其世界的可能性），因此也让我们看见了我们是什么，我们能做什么。

萨：可是您的小说处在一个完全现实的世界里！

昆：请回想一下布洛赫的《梦游者》，这部涵盖了三十年欧洲历史的三部曲小说。对布洛赫来说，这段历史很清楚地被定义为持续不断的价值贬落。小说人物都被封闭在这个宛如牢笼的贬落过程里，他们还得去找寻跟这个共同价值逐渐消失的世界相称的行为。当然，布洛赫确信他的历史判断是精准的，换言之，他确信他所描绘的世界的可能性是一种已然实现的可能性。可是，让

① Raskolnikov，俄国小说家陀思妥耶夫斯基的小说《罪与罚》的主人翁。

我们试着想象他弄错了，我们可以想象在这个价值贬落的同时，有另一个过程正在进行，那是积极正面的演变，是布洛赫没有能力看到的。这会松动《梦游者》的价值吗？不会。因为价值贬落的过程是人类世界一个毋庸置疑的可能性。理解人被抛掷在这个过程的漩涡之中，理解人的动作，理解人的态度，只有这个才是重要的。布洛赫发现了一块属于存在的未知领土。存在的领土意思是：存在的可能性。至于这个可能性会不会转化为现实，这是次要的问题。

萨：所以，您的小说所处的终极悖论的时期，不应该视作某种现实，而是该视为一种可能性？

昆：属于欧洲的一种可能性。属于欧洲的一种可能的看法。属于人的一种可能处境。

萨：可是，如果您试图要捕捉的是一个可能性而不是一个现实，为什么您要把您提供的图像当回事呢？像是布拉格，还有在布拉格发生的一些事件。

昆：如果作者认为某个历史处境是人类世界不曾听闻又具有

揭示意义的一种可能性，他会想要依样将这处境描述下来。尽管忠于历史现实跟小说的价值比起来是次要的事。小说家不是历史学者，也不是先知：小说家是存在的探索者。

第三部

《梦游者》启发的笔记

组　成

三卷小说组成的三部曲：《帕斯诺夫或浪漫主义》《埃施或无政府主义》《胡格瑙或现实主义》。每一卷小说的故事都发生在前一卷的十五年之后：一八八八年、一九〇三年、一九一八年。其中没有任何一卷小说跟另外一卷有什么因果关系：每一卷小说都有自己的人物构成的圈子，每一卷小说都依自己的方法构成，跟其他两卷的方法并不相似。

确实，帕斯诺夫（第一卷的主人翁）和埃施（第二卷的主人翁）都出现在第三卷小说的舞台上，贝特朗（第一卷小说的人物）在第二卷小说里也有戏份。但是，贝特朗在第一卷小说里经历的故事（跟帕斯诺夫、鲁泽娜、伊丽莎白一起）却完全没有出现在第二卷小说里，而第三卷小说里的帕斯诺夫也没带上他对青春的任何回忆（第一卷小说里提到的事）。

所以，在《梦游者》和二十世纪其他“巨幅壁画式”的伟大作品（普鲁斯特、穆齐尔、托马斯·曼的作品）之间，是有一个根本的差异：在布洛赫的作品里，整体统一性的基础既非情节的连续性，也不是传记（一个人物的传记、一个家族的传记）的连续性。而是另一个比较不容易看见、不容易捕捉的神秘之物：同一主题（人面对价值贬落的过程）的连续性。

可能性

世界变成了陷阱，在这陷阱里，人的可能性是什么？

这个问题的答案，首先要求人们对于世界是什么要有某种想法，也就是说，对此有个本体论的假设。

依照卡夫卡的说法，世界是官僚化的宇宙。办公室不是诸多社会现象之一，而是世界的本质。

这里说的，正是神秘费解的卡夫卡和众人喜爱的哈谢克之间的相似之处（奇怪的相似、出乎意料的相似）。在《好兵帅克历险记》里头，哈谢克并没有把军队描写成一个奥匈社会的环境（以一个现实主义者、一个社会评论者的方式），而是把军队描写成世界的现代版本。就像卡夫卡的法庭一样，哈谢克的军队也只是一个巨大的官僚机构，一支行政大军，在里头，老旧的军人美德（勇气、计谋、机智）一点也派不上用场了。

哈谢克笔下的军事官僚都很蠢；卡夫卡笔下的官僚既学究又荒谬的逻辑也是毫无智慧可言。在卡夫卡的作品里，愚蠢罩着一件神秘的斗篷，看起来像是一则形而上的寓言。一则骇人的寓言。约瑟夫·K在他的行径里，在他难以理解的言辞里，竭力想要找出一个意义。因为被判死刑是一件可怕的事，但是无缘无故被判刑，像个无意义的殉道者，这更是令人无法忍受。于是K将同意自己有罪，然后去寻找自己错在哪里。在最后一章，K会掩护两个刽子手，不让他们被城里的警察识破（说不定这些警察可以救他），而在他死前的片刻，他会自责没有足够的力量把自己杀死，这样可以帮那两人省去这个肮脏的差事。

帅克的处境刚好和K相反。他毫无破绽、一板一眼地模仿着周遭的世界（愚蠢的世界），结果没有人看得出他是不是真的白痴。他可以如此轻易地（还那么开心！）适应主流的秩序，这不是因为他在自己身上看到意义，而是因为他在自己身上看不到任何意义。他自娱，他娱人，而随着他不断地因循随俗，他把世界变成一个唯一的、巨大的笑话。

（既然认识了极权版本、共产主义版本的现代世界，我们就知道前文所说的两种态度表面上看起来不自然，是文学的、极端的，但其实再真实不过；我们曾经生活的空间，一方面受限于K的可能性，另一方面受限于帅克的可能性；也就是说：在这样的空间里，一端是认同于权力，直至牺牲者与刽子手团结一致的地步，另一端则是不接受权力，拒绝把任何事情当一回事；也就是说：我们曾经生活于其中的空间，介于K严肃的绝对与帅克不当一回事[①]的绝对之间。）

那么布洛赫呢？他的本体论的假设是什么？

世界是价值（源自中世纪的价值）贬落的过程，这过程延伸于现代的四个世纪，是这四个世纪的本质。

面对这个过程，人的可能性是什么？

布洛赫发现了三个：帕斯诺夫可能性、埃施可能性、胡格瑙可能性。

帕斯诺夫可能性

帕斯诺夫的兄弟死于某次决斗。他们的父亲说："他为了荣誉倒下了。"这段话永远嵌刻在帕斯诺夫的记忆里。

但是他的朋友贝特朗很惊讶：在火车和工厂的时代，两个男人如何能够面对面，直挺挺地站着，手臂伸直，手里拿着左

① 此处"严肃"和"不当一回事"的原文分别为sérieux和non-sérieux，是两个直接对反的词。

轮枪？

关于这个，帕斯诺夫心想：贝特朗没有丝毫荣誉感。

贝特朗又继续下去：感觉经得起时间演变的考验。感觉是属于保守主义的、一种无法摧毁的资产，是一种隔代遗传的返祖残留。

是的，对于传承的价值，对于这些价值的返祖残留的情感依恋，正是帕斯诺夫的态度。

帕斯诺夫是经由制服这个缘由而被引入小说的。小说的叙事者这么解释：从前，教会支配人，有如至高无上的审判者。神父的衣服是超越尘世的权力象征，而官员的制服、法官的长袍则代表世俗的事物。随着教会神奇的影响力渐渐变得模糊不清，制服取代了神职人员的服装，耸立在绝对的高度上。

制服，是我们未曾选择的东西，是人家指定给我们的东西；这是全体的确定面对个体的不确定。当过去如此牢靠的价值被人质疑，低头远离，一旦少了这些价值（忠诚、家族、祖国、纪律、爱情）就活不下去的人，于是把自己紧紧裹在制服的普遍性之中，直扣到领口最上面的一颗扣子，仿佛这制服是上帝超验性的最后遗物，可以帮他们抵御未来的寒冷，在那个未来，不会再有任何受人尊重的事物。

帕斯诺夫的故事在他的新婚之夜达到高潮。他的妻子伊丽莎白并不爱他。除了没有爱情的未来，他在前方看不到任何东西。他躺在伊丽莎白的身旁，没有脱下衣服。这么一来，“他的制服有点弄乱了，外衣的下摆垂到旁边，露出了黑色的长裤，但是帕斯诺夫一发现，就马上把制服整好，把露出来的地方盖上。他屈起双腿，而为了不让他的漆皮皮鞋碰到床单，他很费力地把脚搁在床边的椅子上”。

埃施可能性

某些价值源自于教会完全支配人的时代，这些价值动摇已久，但是对帕斯诺夫来说，它们的内涵似乎依然清晰。他不会怀疑他的祖国为何物，他知道他应该忠于谁，也知道谁是他的上帝。

在埃施面前，价值的面貌蒙着一层纱。秩序、忠诚、牺牲，这些字眼对他来说是很珍贵，可是它们究竟代表着什么？要为何事牺牲？该规定什么秩序？他一无所知。

如果一种价值失去了具体内涵，那它还剩下什么？只有一个空无的形式，一个无人回应的命令，但这命令越是无人响应，就越是狂暴地要求人们听从。埃施越是不知道自己想要什么，他就越是狂暴地想要。

埃施是失去了上帝的时代的一种狂热。既然所有价值的面貌都蒙上了一层纱，那么一切都可以被看作是价值了。正义、秩序，埃施有一次在工会的抗争里寻找这些价值，另一次则是在宗教里，今天在警察的权力里寻找，明天又在梦想移居美国的幻影里寻找。他可以是恐怖分子，但也可能是个悔过又揭发自己同志的恐怖分子，他可以是某个政党积极活跃的党员，可以是某个教派的信徒，但也可能是个神风特攻队成员，随时待命牺牲。肆虐于我们这个世纪鲜血淋漓历史里的一切激情，都被揭开了面纱、诊断出症状，在埃施平凡的冒险中被照亮得一清二楚。

埃施在办公室不高兴，跟人吵架，被赶了出去。他的故事就这样开始了。让埃施生气的这一切混乱，根据他的说法，原因是一个叫作南特维格的会计。天知道为什么就是这个人惹他生了气。尽管如此，埃施还是决定要去警察局告发他。这不就是他该做的事吗？这不是帮了那些跟他一样渴望正义、渴望秩序的人一个忙吗？

但是，有一天，在一家小酒馆里，毫不知情的南特维格很亲切地邀请埃施到他的桌位，请他喝了一杯酒。埃施登时心慌意乱，努力回想南特维格犯的错，可是这个错“奇怪得很，现在竟然摸不着，而且模糊了，埃施随即意识到自己打算要做的事有多荒谬，他用一种笨拙的动作，还带着点羞惭，一把抓起了他的酒杯”。

世界在埃施面前分化成善的王国与恶的王国，可是啊，善与恶都一样无法辨认（一遇到南特维格，埃施就不知道谁是好人，谁是坏人了）。在世界这个假面嘉年华里，只有贝特朗一人始终在脸上带着恶的烙印，因为他犯的错是毋庸置疑的：他是同性恋，他是神圣秩序的扰乱者。在埃施这一卷小说的开头，埃施准备要告发南特维格，到了最后，他在信箱里放了一封告发信，揭发的对象是贝特朗。

胡格瑙可能性

埃施告发了贝特朗。胡格瑙告发的则是埃施。埃施告发别人是想要拯救世界。胡格瑙则是想要挽回自己的职业生涯。

在没有共同价值的世界里，胡格瑙这个单纯又有野心的家伙，觉得自在得不得了。没有了种种道德命令，这就是他的自由、他的解脱。

在谋杀埃施（杀人的就是胡格瑙，而且他毫无罪恶感）的事实里，有一个深刻的意义。因为“属于较小的价值组合的人，会去毁灭属于一个较宽广但正在解体的价值组合的人，在价值贬落的过程中，最悲惨的人总是担任刽子手的角色，而最后审判的号声响起之日，成为刽子手的正是那摆脱了价值束缚的人，他会为一个给自己判了罪的世界执刑”。

在布洛赫的心里，现代是连接两种统治力量的桥梁，它把非理性的信仰连接到一个没有信仰的世界里的非理性。桥的尽头出现的身影，是胡格瑙。他是个快乐的杀人犯，毫无罪恶感。这是现代的终结，欧洲版本的终结。

K、帅克、帕斯诺夫、埃施、胡格瑙：五种基本的可能性，五个定位点，少了这些人，在我看来，我们这个时代的存在地图不可能画得出来。

在世世代代的天空下

在现代的天空中运转的诸多行星，总是以一种特殊的星座样貌，映现在个体的灵魂之中；小说人物的处境、人物存在的意义正是透过这星座而定义的。

布洛赫谈到埃施，突然将他比作了路德[①]。这两个人都属于反叛者（布洛赫对此做了漫长的分析）。“埃施跟路德一样都是反叛者。”通常我们会到一个人物的童年去寻找他的根源。埃施的根源（我们始终不会知道他的童年）在另一个世纪。埃施的过去，就是路德。

为了能够把握帕斯诺夫这个穿制服的男人，布洛赫把他放在漫长的历史进程当中，在这个过程里，世俗的制服取代了神父的长袍；刹那间，现代的天穹出现在这位可怜军官的头顶，豁然照亮了天穹下的全部疆界。

在布洛赫的作品里，人物并不是以无法模仿且短暂出现的独特性来构思的，也不是以注定要消失的瞬间奇迹来构思的，而是宛若一座搭建在时间之上的坚固桥梁，路德和埃施，过去和现在，在此相遇。

在我看来，布洛赫在他的《梦游者》里预示着小说未来的可能性，而他所凭借的，与其说是他的历史哲学，不如说是这种新的看人的方法（在世世代代的天穹下看人）。

在布洛赫光芒的照拂下，我读着托马斯·曼的《浮士德博士》，这部小说关心的不仅是一个名叫阿德里安·莱弗金的作曲家的生命，同时也俯身探视了数个世纪的德国音乐。阿德里安不仅是一位作曲家，他更是完结了音乐历史的作曲家（他最伟大的乐曲就叫作《末世启示录》）。他也不仅是最后一位作曲家，他同时还是浮士德。托马斯·曼眼看着他的国家一天天成为恶魔（他在第二次世界大战末期写了这部小说），他想到这个德意志精神化身的神话人物与魔鬼缔结的契约。他的国家的所有历史突然涌现，宛如单一人物的一场冒险：浮士德一个人的冒险。

在布洛赫光芒的照拂下，我读着富恩特斯的《我们的土地》，书中将整个西班牙的伟大冒险（欧洲的和美洲的）放进一个难

① 即马丁·路德（Martin Luther, 1483—1546），德国宗教改革家，十六世纪欧洲宗教改革运动的发起者。

以置信的错杂之中，一个难以置信的梦的变形之中。布洛赫的原理——埃施像是路德——在富恩特斯这里变成更彻底的原则：埃施就是路德。富恩特斯把他的方法的关键告诉我们："需要许多人的生活来构成一个人物。"灵魂再生的古老神话体现为一种小说的技巧，让《我们的土地》变成一个巨大而怪异的梦，在这梦里，历史总是由不断转世再生的同一批人物所创造，所经历。同一个路德维克，他在墨西哥发现了当时仍不为人知的一片大陆，几个世纪之后，在巴黎，他又跟两个世纪前当过腓力二世情妇的那个塞莱斯汀相逢，等等。诸如此类。

正是在终结的时刻（一次恋情的终结、一生的终结、一个时代的终结），过去的时光会以整体的面目突然显露出来，明亮清晰、形式完整。对布洛赫来说，他的终结时刻是胡格瑙，对托马斯·曼来说，是希特勒。对富恩特斯来说，是两个千年之间神话的边界；从这个想象的瞭望台看去，历史——这个欧洲的畸形怪胎，这个滴落在纯洁时光上的污点——看起来仿佛已经结束，被人遗弃，孤零零的，而且一下子变得这么素朴、这么感人，跟一则个人的小故事一样，人们第二天就会把它忘了。

其实，如果路德就是埃施，那么从路德到埃施的故事发展也不过就是传记罢了，这传记写的只有一个人：马丁·路德-埃施。而整个历史也只是几个小说人物（一个浮士德、一个唐璜、一个唐吉诃德、一个埃施）的故事，这些人物曾经一同跨越欧洲的世世代代。

因果关系之外

在列文的庄园里，一男一女相遇了，这是两个孤独、忧郁的生命。他们对彼此都有好感，暗自渴望结合两人的生活。他们只等着有机会可以单独相处片刻，好让他们把这般渴望说出来。终于有一天，他们俩到树林里采蘑菇，没有旁人。两人心神不宁，默默不语，他们都知道时候到了，他们不该让它溜走。那时，沉默已持续了许久，突然之间，那女人突然谈起了蘑菇，这完全是“违背她意愿的，意外的”。接着，又是一阵沉默，那男人在脑子里搜索表白的话语，但是，他没有谈到爱情，“在某种意想不到的冲动驱使之下……”他也谈起了蘑菇。回程的路上，他们一直谈着蘑菇，无力而颓丧，因为他们知道，他们永远不会再跟对方说爱了。

回到家里，男人对自己说，他之所以没有说爱，是因为他死去的情人，他不能背叛这段回忆。可我们都很清楚：这个理由不成立，他提起这件事，只是用来安慰自己。安慰自己？是的。因为我们是因为某个理由而失去爱情的。没有人会原谅自己无因无由地失去爱情。

这段非常美丽的小插曲宛如寓言，展现着《安娜·卡列宁娜》最伟大的功绩之一：它阐明了人类行为的无因果性、无法预知的甚至神秘的一面。

行为是什么；这是小说永恒的提问，也可以说是关于小说如何构成的问题。一个决定如何诞生？一个决定如何转化成行为？

行为又如何连接成一次冒险?

过去的小说家试图在奇异而混沌的生活材料里，抽出一条清晰、合理的线索；在这些小说家的透视法里头，可以合理解释的动机产生了行为，行为又引起了另一个行为。冒险则是一连串的行为，行为之间的因果关系清清楚楚。

维特爱上朋友的妻子。他不能背叛朋友，也无法放弃他的爱，于是，他自杀了。这自杀透明得有如一道数学方程式。

可是安娜·卡列宁娜为何自杀?

没有说爱却说了蘑菇的那个男人，他试图相信那是因为对逝去情人的依恋。而我们可以帮安娜的行为找到的理由，或许也有相同的价值。确实，人们瞧不起安娜，但是，安娜难道不能也瞧不起那些人吗?人们阻止安娜去看她的儿子，但这处境难道没有出路，无可挽回吗?沃伦斯基是已经有点厌倦了，但是，不管怎么说，他难道不是一直爱着安娜吗?

还有，安娜到车站并不是为了要自杀。她是来找沃伦斯基的。她扑到火车底下，并非事先做了决定。应该说是这个决定抓住了安娜。是这个决定突如其来地抓住了安娜。安娜和那个没有说爱却说了蘑菇的男人一样，她也是“在某种意想不到的冲动驱使之下”做出了行动。这并不是说她的行动没有意义。只是这意义在可以用合理的方式理解的因果关系之外。托尔斯泰不得不用（这是小说历史上的第一次）近乎乔伊斯式的内心独白，让那些不可捉摸的冲动、那些短暂的感觉、那些片段的思维重新串联起来，好让我们知道安娜的灵魂如何一步步走向自杀。

跟安娜在一起的时候，我们跟维特的距离就远了，跟陀思妥耶夫斯基笔下的基里洛夫也很遥远。基里洛夫自杀，是因为他所关注的想法（这些想法界定得一清二楚），还有一些描述得十分清晰的情节，是这些东西把他推向了死亡。尽管他的行为疯狂，但毕竟是合理、自觉、经过深思熟虑的。基里洛夫的性格完全以他奇特的自杀哲学为基础，而他的行为不过是在一个完美的逻辑上延伸了他的想法。

陀思妥耶夫斯基捕捉了理性的疯狂，这疯狂在其执拗之中，意欲走到自身逻辑的尽头。托尔斯泰探索的领域则在对面：他揭开了非逻辑、非理性因素的介入。这就是我提起他的原因。有了托尔斯泰作为参照，布洛赫就置身于欧洲小说一个伟大探索的脉络里了：探索非理性在我们的决定中、在我们的生命里所扮演的角色。

混　同

帕斯诺夫经常去找一个叫作鲁泽娜的捷克妓女，可是他的双亲却为他安排着婚礼，对象是一个门当户对的女孩：伊丽莎白。帕斯诺夫一点也不爱她，然而她却吸引着帕斯诺夫。老实说，吸引帕斯诺夫的不是伊丽莎白，而是伊丽莎白在帕斯诺夫眼中所代表的一切。

帕斯诺夫第一次去看伊丽莎白的时候，她家附近的街道、花园、房子，散发着“一股岛屿般的巨大安全感”；伊丽莎白家的房子以幸福的气氛迎接他，这气氛“在友情的庇护之下，让人感到十足的安全与甜美”，友情，有一天，“会变成爱情”，而后“爱情，有一天，又会消退为友情”。帕斯诺夫渴求的价值（家庭充满友爱的安全感）呈现在他眼前，而此时，帕斯诺夫还没有见过那个即将（在不知情也不符合她本性的情况下）承载这种价值的女人。

他坐在家乡村子的教堂里，闭上眼睛，想象神圣家庭出现在一朵银光闪闪的云霭上，中间是美丽得无法言喻的圣母马利亚。他还是孩子的时候，在同一座教堂，就已经为了相同的景象兴奋不已了。那时候，他爱上父亲农场里的一个波兰女仆，在他的幻想里，女仆跟圣母马利亚混在一起，他想象自己坐在她美丽的膝上，坐在变成女仆的圣母马利亚的膝上。这次，他闭上眼睛，又看见了圣母，突然，他发现她的头发竟然是金黄色的！是的，马利亚有着伊丽莎白的头发！他为此感到惊讶，他为此深深感动！他觉得，通过这幻想的媒介，上帝自己要让他知道，他不爱的伊丽莎白其实正是他真正唯一的爱。

非理性的逻辑根植于混同的机制：帕斯诺夫的现实感非常薄

弱；他无法掌握种种事件的起因；他永远不会知道在他人目光的后头隐藏着什么；然而，尽管外在世界伪饰，面目难辨，无因果关系，却不是默默无言：外在世界会对他说话。这就像在波德莱尔著名的诗里，“悠长的回声混合在一起”，“香味、色彩和声响在互相应和”：一个东西靠近了另一个东西，跟这东西混在一起（伊丽莎白和圣母混在一起），就这样，通过这样的靠近，这个东西解释了自己。

埃施爱上的是绝对。“我们只能爱一次。”这是他的格言，而既然亨特杰恩夫人爱他，她从前就不可能爱（依照埃施的逻辑）她过世的第一任丈夫。由此可知，她的丈夫玷污了她，所以只能是个混蛋。他是一个跟贝特朗一样的混蛋。因为恶的代表人是可以相互替换的。恶的代表们相互混合。他们不过是同一种本质的不同展现。埃施的目光掠过挂在墙上的亨特杰恩先生的画像，正是在此刻，埃施的心里出现了这个念头：立刻到警察局去揭发贝特朗。因为埃施如果打击了贝特朗，那就像是击中了亨特杰恩夫人的第一任丈夫，那就像是为了我们，为了我们所有人，把普遍的恶清除掉一小部分。

象征的森林

读《梦游者》的时候得要非常专心，慢慢地读，停留在那些既不合逻辑又可以理解的情节上，好看出一个藏匿的、隐蔽的秩序，那是帕斯诺夫、鲁泽娜、埃施等人做决定时的依据。这些人物没有能力把现实看作具体的事物。在他们眼里，一切都化成了象征（伊丽莎白化为家庭安宁的象征，贝特朗化为地狱的象征），当他们思考如何在现实中行动的时候，他们反应的对象是象征。

布洛赫让我们明白了，混同的体系，象征性思维的体系，才是一切个人或集体行为的基础。只要检视我们自己的生活，就可以看到，这远超过理性反思的非理性体系如何扭曲我们的态度：这个对水族馆的鱼如此热情的男人，让我想起从前让我非常倒霉的另一个男人，这爱鱼的男人始终让我产生一股无法遏止的不信任感……

非理性的体系对于政治生活的支配也不曾少过：共产主义的俄国随着第二次世界大战的胜利，同时也打赢了象征之战：面对无数热切渴望价值却又无能分辨的埃施，俄国至少有半个世纪成功地向这支庞大的军队配发了种种善与恶的象征。这正是为什么在欧洲的意识里，古拉格永远无法占据纳粹主义作为绝对之恶的象征位置。这正是为什么人们要自发地、成群结队地示威抗议越南战争，而不是反对阿富汗战争。越南、殖民主义、种族主义、帝国主义、法西斯主义、纳粹主义，这所有的字词相互应和着，宛如波德莱尔诗中的色彩与声响，而阿富汗战争则是，这么说吧，它象征性地喑哑着，不管怎么样，它都在绝对之恶的魔圈之外，在这个喷涌着象征的喷泉之外。

我也想到那些每天发生在马路上的大屠杀，这样的死亡既骇人又平凡，它既不像癌症也不像艾滋病，因为它不是大自然所造成的，而是人为造成的，这样的死亡几乎是一种自愿的死亡。为什么这样的死亡不会让我们惊愕？不会搞乱我们的生活？不会激发我们去进行重大的改革？不，这样的死亡没有让我们惊愕，是因为我们跟帕斯诺夫一样，现实感很差。这种死亡隐藏在美丽汽车的假面背后，它在象征的超现实领域里代表着“生”；这样的死亡带着微笑，与现代性、自由、冒险混在一起，就像伊丽莎白和圣母混在一起。被判处死刑的人，他们的死尽管极其罕有，却吸引了我们非常多的注意，也唤醒了激情：这种死亡和刽子手的形象混在一起，它拥有的象征电压更加强大、更加晦暗且令人愤慨。诸如此类。

人是迷途的孩童，迷失在“象征的森林”——容我再次引用波德莱尔的诗句。

（成熟的标准：抵抗象征的能力。但人类是越来越小儿科了。）

多元历史主义

布洛赫谈到他小说的时候，拒斥了“心理”小说的美学，并以他称作“认识论”或“多元历史”的小说与之相对立。我觉得后面这个词选得不好，它会误导我们。真正在这个词的精确意义下创作了一本“多元历史小说”的，是布洛赫的同胞阿达尔贝特·施蒂弗特，他是奥地利文风的开创者，在一八五七年（是的，属于《包法利夫人》的伟大年份）写了这部小说《晚来的夏日》。这部小说其实很有名，尼采把它列为德意志文风最伟大的四部小说之一。但对我来说，这本书几乎无法阅读：我们在书里学到许多地质学、植物学、动物学的知识，学到关于所有手工艺的东西，学到绘画与建筑，可是人以及人类的种种处境却完全处于这部教化人心的巨型百科全书的边缘。正是因为这部小说的“多元历史主义”，使得它完全缺少了小说的特殊性。

然而，布洛赫的小说并非如此。布洛赫追随“那些唯有小说才能发现的事”，但他知道约定俗成的形式（仅仅以一个人物的冒险为本，并且满足于对这场冒险做出单一的叙述）是小说的绊脚石，降低了小说的认知能力。他也知道，小说拥有非凡的整合能力：诗歌或哲学不可能把小说整合进去，小说却有能力把诗歌和哲学整合进去，并且丝毫无损小说的特质（只要回想拉伯雷和塞万提斯就知道了），因为小说的特质恰恰是倾向于拥抱其他的类型，倾向于吸收哲学与科学的知识。所以，在布洛赫的透视法里头，“多元历史”这个词指的是：运用所有智力手段以及诗的形式，观照“那些唯有小说才能发现的事”：人的存在。

这么一来，当然会带来小说形式深刻的转化。

未完成

容我在此说些非常个人的想法：在《梦游者》的最后一卷（《胡格瑙或写实主义》），概括的倾向和形式的转化被推得最远，这一卷小说给我的，除了赞赏带来的愉悦之外，也有若干不满意的地方：

——“多元历史”的意图需要一种凝练的技巧，布洛赫却几乎没有找到这样的技巧；结构上的明确性因而失色；

——各种元素（诗句、叙事、格言、报导、论文）只是并列，而非紧密地融接成一个真正“复调的”整体；

——那篇关于价值贬落的杰出论文，尽管呈现的方式仿佛是小说里的某个人物所写，但还是很容易让人理解为作者自己的论证或是小说支持的真理，成了小说的重点摘要，成了小说的论据，这样就坏了小说空间不可或缺的相对性。

所有伟大的作品（正因为它们伟大）都包含一个未完成的部分。布洛赫启发我们的，不仅通过他完成的一切，同时也通过他力图达成而未逮的一切。他的作品的未完成可以让我们理解以下的种种必要性：（一）一种彻底剥除的新艺术（可以捕捉现代世界里的存在的复杂性，而无损于小说结构技术的明确清晰）；（二）一种小说对位法的新艺术（可以将哲学、叙事和梦紧密地融接成仅仅一段音乐）；（三）一种具有小说色彩的特殊论文的艺术（也就是说，这艺术并不声称它带着一个必然的启示，这艺术处于假设、游戏、讽刺的状态）。

现代主义与现代主义[1]

在我们这个世纪所有伟大的小说家当中，布洛赫或许是最不出名的一个。这并不难理解。布洛赫才刚完成了《梦游者》，就看到了希特勒掌权，以及德意志文化生命的毁灭；五年之后，他离开奥地利，去了美国，在美国度过余生。在这样的情况下，他的作品失去了原本的读者大众，被剥夺了跟一个正常的文学生活接触的机会，也不再能够在时代里扮演作品的角色：在作品的周围聚集一个追随者与行家的读者社群，创造一个流派，影响其他作家。布洛赫跟穆齐尔和贡布罗维奇一样，他的作品迟了许久许久（直到作者死后）才被人发现（再发现），发现的那些人，跟布洛赫一样都对这种新的形式充满激情，换言之，就是有一种现代主义的导向。但是他们的现代主义跟布洛赫的并不相似。不是因为他们的现代主义出现得比较晚，比较先进；其间的差异来自两者各自的根源，来自两者各自面对现代世界的态度、美学。这个差异导致某种尴尬：布洛赫（跟穆齐尔和贡布罗维奇一样）是作为一个创新者而出现，但他并不符合现代主义常见的、公认的形象（因为，在二十世纪的下半叶，必须正视拥有系统化规范的现代主义，亦即大学里的现代主义，这么说吧，这个现代主义是正式领了牌照的）。

这个正牌的现代主义要求的，是诸如破坏小说形式等等。在布洛赫的观点里，小说形式的可能性远远不曾穷尽。

正牌的现代主义要小说摆脱人物的技法，对正牌的现代主义而言，小说人物终究不过是一个假面，毫无用处地遮掩著作者的面容。在布洛赫的人物里，作者的“我”是无从测知的。

正牌的现代主义摒弃了全体性的概念，相反的，这个词却被布洛赫刻意用来说：在过度分工、过分专业化的时代，小说是人还能和生活整体维持联系的最后据点。

---

① 标题原文为Les modernismes，“现代主义“的复数形式。从下文可知作者采用复数的用意。

依照正牌现代主义的说法，“现代”小说和“传统”小说（这里的“传统小说”是个篮子，这四个世纪的小说的所有阶段都被乱糟糟地集在里头）之间，隔着一道无法跨越的边界。在布洛赫的观点里，现代小说延续着相同的追索，一个自塞万提斯以降，所有伟大的小说家都曾经参与的追索。

在正牌现代主义背后，有一种对于末日信仰的天真残留：一段历史终结，另一段（更好的）历史在一个全新的基础上开始。在布洛赫的作品里有一种感伤的自觉：一段历史正在完结，在这深深敌视着艺术（尤其是小说）演变的环境里。

第四部

关于结构*艺术的对话

* 此处“结构”的原文为composition，兼有“作曲”之义。

克里斯蒂安·萨尔蒙：我要引用一段您谈论赫尔曼·布洛赫的文字作为开场："所有伟大的作品（正因为它们伟大）都包含一个未完成的部分。布洛赫启发我们的，不仅是通过他完成的一切，同时也通过他力图达成而未逮的一切。他的作品的未完成可以让我们理解以下的种种必要性：（一）一种彻底剥除的新艺术（可以捕捉现代世界里的存在的复杂性，而无损于小说结构上的明确清晰）；（二）一种小说对位法的新艺术（可以将哲学、叙事和梦紧密地融接成仅仅一段音乐）；（三）一种具有小说色彩的特殊论文的艺术（也就是说，这艺术并不声称它带着一个必然的启示，这艺术处于假设、游戏、讽刺的状态）。"我从这三点看出了您的艺术纲领。我们就从第一点开始吧。彻底剥除。

米兰·昆德拉：要在现代世界里捕捉存在的复杂性，在我看来，需要一种凝练、浓缩的技巧。否则您就会掉入一个无穷无尽的冗长陷阱里。《没有个性的人》是我最喜爱的两三部小说之一。但是请别要求我去赞赏这部小说未完成的巨大篇幅。请试着想象一座大得让人无法一眼望尽的城堡。请试着想象一首持续九个小时的四重奏。有些人类学的限度是不可以超越的，譬如记忆的限度。一部小说应该让您读到最后的时候，还记得小说的开头。不然小说就会显得形貌未定，小说“结构上的明确清晰”就会笼罩上浓雾。

萨：《笑忘录》的写作结构分为七个部分。如果您用的方式不是那么凝练，您或许可以写成七本不同的小说。

昆：但是如果我写的是七本各自独立的小说，我就不敢期望自己能在一本书里捕捉到“现代世界里的存在的复杂性”了。所以，凝练的艺术对我来说似乎是必要的。凝练的必要，它要求着：直接走入事物的核心。在这层意义里，我想到我从小就很激赏的一位作曲家：雅纳切克[①]。他是现代音乐最伟大的作曲家之一。在勋伯格和斯特拉文斯基还在为大型交响乐团作曲的年代，他就已经意识到交响乐团的乐谱被那些无用的音符的重担压得直不起身子。他的反叛，正是从这种刻意的剥除开始的。您知道，在每一个音乐的曲式结构之中，都有许多技巧：一段主旋律的呈示、发展、变奏，还有复调（通常极其自动地完成），配上乐器，以及转调的过渡，等等。今天我们可以用计算机做音乐，但是计算机其实从过去就一直存在于作曲家的脑袋里：作曲家甚至可以在没有丝毫原创想法的情况下，写出一首奏鸣曲，只要以“自动控制化”的方法去发展作曲的规则即可。雅纳切克的哲学命令是：摧毁“计算机”！ 突兀的并置取代了转调的过渡，重复取代了变奏，并且始终走入事物的核心：只有那些说得出某些本质的音符，才有权存在。小说这方面也大致相同：小说也是被“技巧”，被那些代替作者工作的成规塞得满满的：展现一个人物，描写一个地点，在一个历史处境里引入行动，在一个个人物的生命时间里填入一些无用的插曲；每次变换背景就要重新展现、描写、解释。我的

① Leos Janacek（1854—1928），捷克作曲家。

哲学命令是雅纳切克式的：让小说摆脱小说技巧、咬文嚼字的自动控制，让小说变得言简意赅。

萨：您在第二项必要性里头提到"小说对位法的新艺术"。布洛赫的作品，并没有让您完全满意。

昆：我们拿《梦游者》的第三卷来说吧。这卷小说是由五项元素（刻意表现异质的五条"线"）所构成的：（一）小说式的叙事：以三部曲的三个主要人物（帕斯诺夫、埃施、胡格瑙）为基础；（二）内心戏的中篇小说：关于汉娜·温德林；（三）报导：关于一家军医院；（四）诗歌式的叙事（部分是诗句）：关于一个基督教救世军的女孩；（五）哲学式的论文（以科学的语言写成）：关于价值贬落。这五条线，每一条线本身都极为出色。然而，这几条线尽管是以同时性的手法处理的，尽管它们永无休止地交替着（亦即带着某种清晰的"复调"意图），但是却没有统一，没有形成一个不可分割的整体；换句话说，复调的意图在艺术上来说，并未完成。

萨：复调这个用语，以隐喻的方式运用在文学上，不会造成一些小说无法满足的要求吗?

昆:音乐的复调，是同时发展两个声部（两条旋律的线），尽管它们完美地连接着，却又保有它们相对的独立。小说式的复调?我们先说说它的对立面：单线的曲式结构。小说可是打从有小说的历史以来，就试图要逃脱这种单线性，试图在一则故事持续的叙述里打开一些缺口。塞万提斯述说着唐吉诃德全然线性的旅程。但是唐吉诃德旅行的时候，遇到其他小说人物述说他们自己的故事。在第一卷里，这样的情况就有四次。四道缺口，让小说的线性脉络可以走出去。

萨:但这并不是复调啊!

昆:因为这里并没有同时性。借用什克洛夫斯基[1]的术语来说，这是几个短篇或中篇小说，被“嵌在”长篇小说的“套盒”里。您可以在许多十七世纪和十八世纪小说家的作品里找到这种

① Viktor Chklovski（1893—1984），俄国文艺评论家。

"嵌套"的方法。十九世纪则发展了另一种超越线性的手法，这种手法，在没有更好的称谓之前，我们或许可以称之为复调的手法。《群魔》，如果您纯粹从技术的角度来分析这部小说，您会看到，这部小说是由三条同时演进的线构成的，而且，严格说起来，这三条线可以变成三本独立的小说：（一）讽刺小说：关于斯塔夫罗金娜老太太和斯捷潘·韦尔霍文斯基之间的爱；（二）浪漫小说：关于尼可莱·斯塔夫罗金以及他的情爱关系；（三）政治小说：关于一群革命者。由于所有的人物都相互认识，所以作者得以运用某种安排情节的细致技巧，轻易地将这三条线连接成一个不可分割的单一整体。现在，我们就拿这个陀思妥耶夫斯基的复调和布洛赫的复调做个比较。布洛赫的复调走得远得多。《群魔》的三条线尽管有不同的特性，但是都属于相同的类型（三个小说式的故事），可是在布洛赫的作品里，五条线的类型都彻底不同：长篇小说、中篇小说、报导、诗歌、论文。这种整合，把非小说的类型放进小说的复调里，这是布洛赫革命性的创举。

萨：但是根据您的说法，这五条线的衔接不够紧密。事实上，汉娜·温德林并不认识埃施，那个救世军的女孩也永远不会知道汉娜·温德林的存在。这五条不同的线不曾相遇、不曾交错，没有任何安排情节的技巧可以让它们统一成一个单一的整体。

昆：这五条线的连接仅仅通过一个共同的主题。但这种主题式的结合，我觉得已经十足充分了。无法结合的问题不在这里。我们回头看看：在布洛赫的作品里，小说的五条线同时演进，没有相遇，通过一个或若干个主题进行统一。我从音乐那儿借了一个词来指称这种写作结构：复调。您将会看到，将小说和音乐对比，并不是没有意义的。事实上，所有主张复调曲式的伟大音乐家，都有一个基本原则，那就是声部之间的平等：没有任何一个声部应该突出于其他声部，没有任何一个声部应该只是单纯的伴奏。但是，在我看来，《梦游者》第三卷的一个缺点是，这五个"声部"并不是平等的。编号第一的这条线（"小说式的"叙事，关于埃施和胡格瑙）在量的方面，占据的位子远比其他四条线多，在质的方面，尤其享有优越的地位。在埃施和帕斯诺夫作为中介的情况下，这条线和前面两卷小说连接起来了。于是，这条线吸引了更多的注意，有可能把其他四条“线”的角色简化为单纯的“伴奏”。其次：巴赫的赋格曲不可以省去其中任何一个声部，相反，我们却可以想象关于汉娜·温德林的中篇小说或关于价值贬落的论文是独立的文字，它们的缺席并不会让小说丧失意义，也不会让小说变得无法理解。但是对我来说，小说对位法的必要条件是：一、各条“线”之间的平等；二、整体的不可分割。

我想起我完成《笑忘录》第三部（名为《天使们》）的那一天。坦白说，我得意得要命，因为我确定自己发现了一个构思叙事的全新手法。那段文字是由以下几个元素构成的：一、关于两个女大学生以及她们飞上天的小故事；二、自传体的叙事；三、关于一本女性主义著作的评论；四、关于天使与魔鬼的寓言；五、艾吕雅飞在布拉格上空的叙事。这些元素少了谁都不能存在，它们相互阐明、相互解释，同时检视着一个单一的主题，一个单一的质问：“天使是什么？”将这些元素统一起来的，只有这个质问。《笑忘录》的第六部，名字也叫作《天使们》，这个部分是由以下几项构成的：一、关于塔米娜之死的梦幻叙事；二、关于我父亲的死亡的传记体叙事；三、关于音乐的反思；四、关于遗忘，这遗忘毁灭着布拉格。我父亲和那个被孩子们折磨的塔米娜之间有何关联？借用超现实主义者喜欢的句子来说，这是“一台缝纫机和一把雨伞的相遇”，在相同主题的桌子上。小说的复调，诗意远甚于技巧。

萨：在《不能承受的生命之轻》里，对位法比较不显著。

昆：在这本书的第六部，复调的特性非常明显：斯大林儿子的故事、一段神学的反思、一则亚洲的政治事件、弗兰茨在曼谷死去，以及托马斯在波希米亚的葬礼，连接这些的，是永恒的质问：“媚俗是什么？”这个复调的段子是镇住整个结构的拱顶石，是全书建筑平衡的秘密之所在。

萨：什么秘密？

昆：秘密有两个。首先：第六部的基础并不是一个故事的草图，而是一篇论文的提纲（一篇关于媚俗的论文）。小说人物的生命片段穿插在这篇论文当作“例证”，当作“待分析的处境”。如此一来，“顺便”并且简略地让人知道弗兰茨和萨比娜的生命之所终，还有托马斯和他儿子的关系如何解决。这种凝练大大地减轻了小说的结构。其次，是年代的调动：第六部的事件都发生在第七部（最后一部）的事件之后。借助于这样的调动，尽管最后一部具有田园诗的特性，但还是淹没在一片感伤之中，因为我们对未来已有所知。

萨：我要回到您关于《梦游者》的笔记。您对其中那篇关于价值贬落的论文有些保留的看法。因为它绝对的调性，因为它科学的语言，照您的说法，这篇论文有可能树立在那里，像是小说意识形态的关键，像是小说支持的“真理”，而将整个《梦游者》三部曲的小说人物变成仅仅是某个伟大反思的小说化的阐明。所以您才会提到一种“具有小说色彩的特殊论文的艺术”。

昆：首先，很清楚的是：进入小说主体的时候，思考的本质会改变。在小说之外，我们处于肯定的范围之中：每个人都确定自己说出来的话：一个政治人物、一个哲学家、一个门房。在小说的领土上，我们不会说出肯定的话：这里是属于游戏和假设的领土。所以，小说式的思考从本质上就是质问的、假设的。

萨：可是小说家为什么要剥夺自己在小说里直接而肯定地表达自己哲学的权利呢？

昆：哲学家和小说家的思考方式有一个基本差异。我们常说到契诃夫、卡夫卡、穆齐尔等等作家的哲学。可是您试试看从他们的作品里抽出一套严谨的哲学吧！即使他们直接在记事本上表达自己的想法，这些东西与其说是思考的练习、悖论的游戏、某种思想的肯定，还不如说是即兴发挥。

萨：可是，在《作家日记》里，陀思妥耶夫斯基的态度确实是肯定的。

昆：但是他思想的伟大之处并不在那里。他只是因为作为小说家才成其为伟大的思想家。这就是说：他知道如何在他的小说人物里创造出极其丰富、前所未见的智力世界。人们喜欢在他的人物里寻找他的想法的投射。譬如在沙托夫身上。但是陀思妥耶夫斯基也采取了预防的措施。从沙托夫第一次出现，他的角色刻画就相当残酷："这些俄国的理想主义者，他们会突然被某个无边无际的想法启迪，他们会为这个想法所迷惑，通常是终身迷惑，而他就是其中之一。这些理想主义者永远无法超越这个想法，他们狂热地信仰这个想法，而打从此刻开始，可以说，这巨石几乎将他们压碎，他们全部的存在不过是挤压在巨石下的奄奄气息。”所以，陀思妥耶夫斯基虽然在沙托夫身上投射了自己的想法，但他立刻赋予这些想法相对性。陀思妥耶夫斯基也一样，对他来说，规则依然是：一旦进入小说的主体，思考的本质就会改变：教条的思想会变成假设性的思想。哲学家们试着写小说的时候，会忘记这一点。只有一个例外。狄德罗。他那令人赞叹的《宿命论者雅克》！这位严肃的百科全书作者，越过了小说的边界之后，化身为游戏式的思想家：他的小说里，没有任何句子是认真的，小说里一切都是游戏。这就是为什么这部小说在法国会被低估，这实在是件可耻的事。事实上，这本书关乎法国曾经失去并且拒绝寻回的一切。今天，人们喜欢思想甚于作品。《宿命论者雅克》却无法转译为思想的语言。

萨：在《玩笑》里头，雅洛斯拉夫也发展了一套音乐理论。您这种思维的假设特性也就清楚了。不过，在您的小说里，我们还是会看到有些段落，是您在说话，您直截了当地在说话。

昆：即使是我在说话，我的思维还是跟某个小说人物相连。我想要思考这个人物的态度、看事情的方法，我想要在他的位置上思考，并且比他能做的还要深刻。《不能承受的生命之轻》第二部分的开场，是一段很长的反思，关于肉体与灵魂的关系。是的，是作者在说话，可是作者所说的一切只有在某个人物的磁场里才有价值：像是特蕾莎。那是特蕾莎看事情的方法（尽管从来不曾由她自己提出）。

萨：但是您的思考经常没有跟任何人物相连：像是《笑忘录》里关于音乐的反思，或是您在《不能承受的生命之轻》里关于斯大林儿子之死的评论……

昆：确实。我有时候喜欢直接介入小说，作为作者，作为我自己。在这种情况下，一切都取决于调性。从第一个字开始，我的反思就带着一种游戏、嘲讽、挑衅、实验或质问的调性。整个《不能承受的生命之轻》的第六部（《伟大的进军》）就是一篇关于媚俗的论文，主要的论点是："媚俗是对粪便的绝对否定。"这一切关于媚俗的思考，有一点对我来说是最重要的，思考的背后有许多思维、经验、研究，甚至激情，但这思考的调性从来就不是认真的：它是挑衅的。这篇论文如果放在小说之外，是无法想象的；这就是我所说的“具有小说色彩的特殊论文”。

萨：您谈过小说的对位法，作为哲学、叙事与梦的结合。我们就停在梦这一项吧。梦幻式的叙述占据了整个《生活在别处》的第二部；《笑忘录》的第二部也是以此为基础；透过特蕾莎的梦，梦幻式的叙述也走遍了《不能承受的生命之轻》。

昆：梦幻式的叙述；不如说是：想象，它从理性的控制，从关心逼真的忧虑里解放出来，进入了理性思维所无法达到的景致。梦不过是这种想象的模型，我视之为现代艺术最伟大的战果。但是要如何将不受控制的想象整合到小说里，而小说根据定义却是要对存在进行清晰的检视？如何统一这么异质的元素？这需要一种真正的炼金术！在我看来，最先想到这种炼金术的是诺瓦利斯。在他的小说《海因利希·冯·奥弗特丁根》的第一卷里头，他插入了三个长长的梦。这并非对于梦的“写实主义”模仿，像我们在托尔斯泰或托马斯·曼的小说里看到的那样，而是梦本身特有的“想象技巧”所启迪的一个伟大诗篇。但是诺瓦利斯并不满足。在他看来，这三个梦在小说里就像是三座分散的岛屿。于是，他想要走得更远，他想把小说的第二卷写得像是一段叙述，梦境和现实在其间相连，交错混杂，让人再也无法分辨。但是他始终不曾写出这第二卷。他只留给我们一些笔记，上头写着他的美学意图。一百二十年后，这个美学意图才被弗兰茨·卡夫卡实现。他的小说，是梦与真实毫无瑕隙的融合。既是投注在现代世界上最清明的目光，又是最放纵的想象。卡夫卡，首先是一个巨大无垠的美学革命。一个艺术的奇迹。就拿《城堡》里这个不可思议的章节为例好了，在这一章，K第一次跟弗丽达做爱。或是另一章，K把一间小学教室变成他、弗丽达和两个助手的寝室。在卡夫卡之前，如此的想象密度是不可思议的。当然，要模仿他，会是一件可笑的事。但是，像卡夫卡（或像诺瓦利斯）一样，我感受到这种要把梦，把那属于梦的想象放进小说里头的渴望。我的方式并不是“融合梦与真实”，而是一种复调的对照。“梦幻”叙事是对位当中的一条线。

萨：我们换一页吧。我想要回到曲式结构统一性的问题。您曾经把《笑忘录》定义为“一部以变奏形式呈现的小说”。这依然是小说吗？[①]

昆：剥去《笑忘录》小说外表的，是情节统一性的缺乏。少了这个，人们就难以去想象一部小说。即使“新小说”的实验也是建立在情节（或非情节）统一性的基础之上的。斯特恩和狄德罗都把这个统一性推到极为脆弱的地步，以此为乐。雅克和他的主人的旅程占了小说很小的一部分，旅程只是一个滑稽的借口，为的是要把其他小故事、叙事、反思装进“套盒”里。尽管如此，这个借口，这个“套盒”还是必要的，它可以让这部小说感觉起来像小说，或者至少像是对小说的戏仿。然而，我相信要保证一部小说的连贯性，应该还有某种更深刻的东西：那就是主题的统一性。而且一向都是如此。支撑《群魔》的三条叙述的线是通过情节安排的技巧统一起来的，尤其是通过相同的主题：人失去了上帝，群魔占据了人心。在每一条叙述的线里，都以一个不同的角度来思索这个主题，有如一件物品映照在三面镜子里。而正是这件物品（我唤作主题的这个抽象物品）赋予小说整体一个内在的连贯性，极其不可见，极其重要。在《笑忘录》里头，整体的连贯性仅仅是几个不同主题（和动机）之间的统一性所创造出来的。这是一部小说吗？是的，在我看来是的。透过想象的人物看到存在，小说是对存在进行的思考。

萨：如果我们接受这么广泛的定义，那连《十日谈》也可以被称作小说了！所有的短篇都统一在相同的爱情主题之下，并且由同样十个叙述者述说……

昆：我不会去挑起争议，去说《十日谈》是一部小说。不可讳言的，在现代的欧洲，这本书试着要创造叙述式散文的一个大型写作结构，这是最早期的一个尝试，从这一点来看，这本

① 法文的“roman”通常仅译作“小说”，但实际指称的对象是“长篇小说”，这一段对话里的“小说”必须以“长篇小说”来理解。萨尔蒙提到《十日谈》里的短篇（nouvelle），即中短篇小说。

书在小说的历史里占了一席之地，这本书至少有如小说的启迪者和先行者。您知道，小说的历史走了小说所走的路。小说的历史也有可能因此错过了另一条路。小说的形式是几近无限制的自由，但在小说的历史上，小说却不曾因此受益。小说错失了这种自由，留下了许多形式上的可能性，无人探索。

萨：然而，除了《笑忘录》以外，您的小说也都是以情节的统一性为基础的，尽管有些松散。

昆：我一向在两个层次上建构这些小说：第一个层次，我写出小说的故事；在这上头，我发展若干主题。主题都是在小说的故事里面，或是通过小说的故事不断琢磨加工。小说一旦放弃了它的主题，并且自满于述说故事，小说就会变得平淡。相反，一个主题可以单独发展，在故事之外。这个开启主题的方法，我称之为离题。离题的意思是：暂时放弃小说的故事。譬如，《不能承受的生命之轻》里头，整个关于媚俗的反思都是借着离题而起：我放弃小说的故事，直接攻打我的主题（媚俗）。从这个观点来看，离题并不会削弱写作结构的规范，反而会强化它。从主题里头，我把动机区分出来：那是主题或故事里的一个元素，它会在小说进展的过程中，数度重回小说，但是始终出现在不同的脉络里；譬如：贝多芬四重奏的动机从特蕾莎的生活转入托马斯的反思之中，也贯穿了不同的主题：重的主题、媚俗的主题；或者另一个例子：萨比娜的圆顶礼帽，出现在萨比娜/托马斯、萨比娜/特蕾莎、萨比娜/弗兰茨的场景里，也呈现着“未被理解的词”这个主题。

萨：可是您所说的主题，精确的意思究竟是什么？

昆：主题，就是对于存在的质问。渐渐地，我体会到，一个这样的质问，最后终归是对于特定字词、主题字词的检视。这样的体会引我坚持着：小说首先是建立在若干基本字词的基础之上。就像是勋伯格的“音列”。《笑忘录》里头的“音列”如下：遗忘、笑、天使们、力脱思特、边界。这五个主要的词在小说进展的过程中被分析、研究、定义、再定义，如此而转化为存在的范畴。小说建筑在这几个范畴上，有如房屋盖在支柱上。《不能承受的生命之轻》的支柱就是：重、轻、灵魂、身体、伟大的进军、粪便、媚俗、怜悯、眩晕、力量、软弱。

萨：我们停下来谈谈您小说的建筑图吧。您所有的小说，除了一个例外，都分为七部。

昆：刚写完《玩笑》的时候，我没有任何理由为了小说分作七部而惊讶。接下来，我写了《生活在别处》。快要写完的时候，小说分作六部。我当时并不满意。我觉得故事太平淡了。突然间，我脑子里出现了一个想法，要把发生在主角死后三年（也就是说，在小说的时间之外）的一个故事插进小说里。这是小说的倒数第二部，也就是第六部：《四十来岁的男人》。后来，我发现这个第六部跟《玩笑》的第六部《考茨卡》出奇地相称，这部小说也是在里头加入了一个外来的人物，在小说的墙上开了一扇秘密的窗。《好笑的爱》起初是十个短篇。我在编辑最后定本的时候，删掉了三篇；短篇小说集的整体变得十分连贯，甚至已经预示着《笑忘录》的写作结构：相同的主题（尤其是那个捉弄的主题）将七则故事连接成单一的整体，其中第四则和第六则是另外用“别针”扣连起来的，这枚“别针”是个相同的主人翁：哈威尔医生。《笑忘录》里头，第四部和第六部也一样，把这两部扣连起来的是相同的人物：塔米娜。当我写作《不能承受的生命之轻》的时候，我想要不惜一切打破数字“七”的宿命。这部小说长久以来都是以一个分作六部的草图在进行构思。但是第一部在我眼里始终未成形。最后我明白了，这个部分实际上是两部，就像是一对连体婴，得用精密的外科手术将它们一分为二。我说这些是为了要说明，这并不是我要借着一个神奇的数字刻意卖弄怪力乱神，也不是理性计算的结果，而是深刻的、无意识的、无法理解的迫切需要，是我无法逃脱的小说形式的原型。我的小说是以数字“七”为基础的同一建筑结构的种种变形。

萨：这个数学秩序一直要走到何处？

昆：拿《玩笑》为例子好了。这部小说由四个人物述说：路德维克、雅洛斯拉夫、考茨卡、埃莱娜。路德维克的独白占全书的三分之二，其他人的独白加起来占全书的三分之一（雅洛斯拉夫占六分之一，考茨卡占九分之一，埃莱娜占十八分之一）。我所谓的小说人物的亮度，就是由这个数学结构决定的。路德维克在光线充足的地方，他从内部（通过他自己的独白）被照亮，也从外部（所有勾勒他画像的其他独白）被照亮。雅洛斯拉夫借着自己的独白，占了全书六分之一的比重，而他的自画像则经由路德维克的独白做了来自外部的修改。诸如此类。每个人物都受到另一种强度的光，以另一种方式照亮。最重要的人物之一，露茜，她没有自己的独白，只有路德维克和考茨卡的独白从外部照亮她。少了来自内在的照明，让露茜拥有一种神秘而不可捉摸的特质。这么说吧，她在玻璃窗的另一边，人们摸不着她。

萨：这个数学结构是预先构思的吗？

昆：不。这一切，都是《玩笑》在布拉格出版之后才发现的，还是因为一篇捷克的文学评论：《〈玩笑〉的几何学》。这篇文章为我揭示了一些东西。换个说法，这个“数学秩序”是自然而然出现在那儿的，像一种形式上的必然性，无须计算。

萨：您的数字癖是从那儿开始的吗？在您的小说里，每一部、每一章都标上了数字。

昆：把小说分成几部，每一部再分成几章，每一章再分成几个段落，换个说法就是小说的构连（articulation），我总是想让它极为清楚。七个部分都各成一个整体，每一部的特性都由自己的叙述方式界定。譬如《生活在别处》：第一部：连续的叙述（也就是说，章与章之间有一个因果关系）；第二部：梦幻式的叙述；第三部：不连续的叙述（也就是说，章与章之间没有因果关系）；第四部：复调的叙述；第五部：连续的叙述；第六部：连续的叙述；第七部：复调的叙述。每一部都有自己的透视法（由另一个想象的自我的观点来述说）。每一部都有自己的长度：在《玩笑》里，长度依序是：很短、很短、长、短、长、短、长。在《生活在别处》里，次序反了过来：长、短、长、短、长、很短、很短。章也一样，我希望它们都各自成一个小小的整体。这就是为什么我坚持要我的出版社把那些数字放得让人一目了然，并且把一章一章分得清清楚楚（法国伽里玛出版社的解决方式很理想：每一章都从新的一页开始）。容我再拿小说跟音乐做个比较。小说的一部，就是一个乐章。每一章都是一个小节的音乐。这些小节不是短就是长，要不就是非常不规则的一段。这就把我们带到乐曲速度的问题上了。我小说里的每一部都可以带上一个乐曲速度的标记：中速、急板、柔板，等等。

萨：所以乐曲速度决定了小说里每一部的长度与章节数目多寡的关系？

昆：请用这个观点来看看《生活在别处》：

第一部：十一章，占七十一页；中速

第二部：十四章，占三十一页；小快板

第三部：二十八章，占八十二页；快板

第四部：二十五章，占三十页；极快

第五部：十一章，占九十六页；中速

第六部：十七章，占二十六页；柔板

第七部：二十三章，占二十八页；急板

您看：第五部占了九十六页，可是只有十一章；一道水流，静静的、缓缓的：中速。第四部在三十页里有二十五章！这带给人一种高速的印象：极快。

萨：第六部有十七章却只有二十六页。如果我的理解无误，这意味着这一部的频率是相当快的。然而您却给它标上了柔板！

昆：因为决定乐曲速度的，还有另外一个东西：每一部的长度与每一部述说的事件所经历的“真实”时间，两者之间的关系。第五部，《诗人嫉妒了》，呈现了一整年的生活，而第六部，《四十来岁的男人》，处理的只是几个小时的故事。章节的简短在这里的功能是把时间放慢，凝结住一个单一的伟大时刻……我发现乐曲速度的对比极为重要！对我来说，乐曲速度经常是远在我动笔写小说之前最先出现的一部分想法。《生活在别处》的第六部，柔板（安详又同情的气氛），接着来的是第七部，急板（兴奋又残酷的气氛）。在这个最终的对比里，我想做的是把小说所有的情感力量集中起来。《不能承受的生命之轻》正是相反的例子。这本书，从开始写作，我就知道最后一部应该是极弱，应该是柔板（《卡列宁的微笑》：平静、忧郁的气氛，加上少许事件），而且这一部的前面，应该有另一部是极强、极快的（《伟大的进军》：急遽、讥讽的气氛，加上许多事件）。

萨：所以乐曲速度的改变也会带来情感气氛的改变。

昆：这又是音乐的伟大教益。不管我们愿不愿意，音乐作品的每个段落都是通过某种表达情感的方式对我们发生作用。一首交响曲或一首奏鸣曲里的乐章顺序是早就决定好的，缓慢的乐章和快速的乐章总是因着不成文的规定交替出现，而这也几乎自然而然地意味着：忧伤的乐章和快乐的乐章。这些情感的对比没多久就成了一种刻板的灾难，只有大师才知道（而且也不一定每个都知道）如何战胜它。在这层意义上——举个众所周知的例子——我很欣赏肖邦的那首奏鸣曲，它的第三乐章是葬礼进行曲。在这场盛大的告别之后，我们还能说些什么呢？照样用一段活泼的回旋曲来结束这首奏鸣曲吗？即使贝多芬在他的奏鸣曲作品第二十六号里也无法逃脱这个窠臼，他在葬礼进行曲（也是第三乐章）的后面安排了一段轻快的终曲。肖邦的奏鸣曲的第四乐章非常奇特：*极弱*，快速，简短，没有任何旋律，完全不带感情：一阵来自远处的狂风，一个宣告永久遗忘的声音。这两个乐章（感情丰富/不带感情）连在一起，简直让人喘不过气。绝对是独创的。我提这个，是为了让您了解，一部小说的结构，就是要将不同的情感空间并置，在我看来，小说家最微妙的艺术就在这里。

萨：您所受的音乐教育对您的写作影响很大吗？

昆：在二十五岁之前，音乐对我的吸引力比文学大得多。当时我做过的东西里头，最好的就是一首写给四种乐器的曲子。那四种乐器是：钢琴、中提琴、单簧管、打击乐器。这首曲子几乎像单元格漫画那般夸张地预示着我小说的建筑结构，可我在那个年头，根本没想过我的小说会出现在未来。这个《为四种乐器谱的曲》分为七个部分，您可以想象吗！就像我的小说一样，七个形式上非常异质的部分（爵士乐、华尔兹的戏仿、赋格曲、圣歌等等）构成整体，每个部分都有各自不同的乐器配置（钢琴配中提琴；钢琴独奏；中提琴、单簧管、打击乐器；等等）。这个形式上的多样性通过主旋律极大的统一性而得到平衡：自始至终只有两个主旋律：A 和 B。最后三个部分是以一个复调为基础写的，当时我认为这个复调极具原创性：两个相异并且在情感上相互矛盾的主旋律同时演变；譬如在最后那个部分：我们用一个录音机重复播放第三乐章（主旋律A设计成一首庄严的圣歌，由单簧管、中提琴、钢琴演奏）的录音，同时，打击乐器和小号（吹奏单簧管的乐手得把单簧管换成小号）加入一段主旋律B的变奏。还有一个奇怪的相似之处：只有一次出现了一个新的主旋律C，就是在第六部分，这跟《玩笑》里头的考茨卡或是《生活在别处》里头的四十来岁的男人没有两样。我跟您说这一切，是为了让您看到一部小说的形式，它的"数学结构"并不是什么计算出来的东西；它是一种无意识的命令，一种挥之不去的执念。从前，我甚至认为这个在我脑中挥之不去的形式，是属于我个人的某种代数定义，但是有一天，那是几年前的事了，我更仔细地聆听了贝多芬的四重奏作品第一三一号之后，才放弃了这个自我陶醉又主观的想法，不再认为这种形式只属于我自己。请看：

第一乐章：缓慢；赋格曲的形式；七分二十一秒。

第二乐章：快速；无法归类的形式；三分二十六秒。

第三乐章：缓慢；单一主旋律的单纯呈现；五十一秒。

第四乐章：缓慢与快速；变奏的形式；十三分四十八秒。

第五乐章：非常快速；谐谑曲；五分三十五秒。

第六乐章：非常缓慢；单一主旋律的单纯呈现；一分五十八秒。

第七乐章：快速；奏鸣曲形式；六分三十秒。

贝多芬或许是最伟大的后巴赫音乐建筑师。他传承的是将奏鸣曲构思为四个乐章的一个循环，这四个乐章的组合经常是相当随意的，其中的第一乐章（以奏鸣曲形式写的）总是比后续的乐章（以回旋曲、小步舞曲等形式写的）占据更大的重要性。贝多芬整个艺术生涯转变的标记，在于他有意识地将这个组合转化为一个真正统一的整体。如此一来，在他为钢琴所写的奏鸣曲里，他渐渐把重心从第一乐章移到最后一个乐章，他经常把奏鸣曲减到只有两个部分，在不同的乐章里处理相同的主旋律，等等。然而在此同时，他又试着将最大限度的形式多样性引入这个统一的整体里。他数度在他的奏鸣曲当中插入一段大型的赋格，这是一种非凡勇气的象征，因为赋格在奏鸣曲当中，看起来应该跟那篇讨论价值贬落的论文出现在布洛赫的小说里一样异质。第一三一号四重奏是这种建筑技法发展得最完备的高峰。我只想请您注意一个我们已经谈过的细节：作品长度的多样性。第三乐章的长度是下一个乐章的十五分之一！而将这么不同的七个部分连接、维持在一起的，正是两个短得出奇的乐章（第三和第六）！如果这几个部分的长度都大致相同，这个统一的整体就瓦解了。为什么？我也不知道该如何解释。事情就是这样。七个部分的长度都一样，那会像是七个大衣橱给摆在那儿，一个挨着一个。

萨：您几乎没有谈到《告别圆舞曲》。

昆：可是，在某种意义上，这部小说却是我最珍视的。跟《好笑的爱》一样，我写它的时候比起写其他小说带着更多好玩的心态，带着更多的愉悦。处于另一种精神状态，而且也快得多。

萨：这部小说只有五个部分。

昆：这部小说在形式上的原型跟我其他的小说完全不一样。这个形式的原型是全然同质的，从不离题，由单一物质构成，以同样的乐曲速度述说，非常戏剧性、非常有风格，建立在通俗笑剧的形式上。在《好笑的爱》里头，您会读到《座谈会》这个短篇。在捷克文里，这个短篇的名字是《聚会》，这是对于柏拉图《会饮篇》戏仿式的影射。用的是一篇篇关于爱情的长篇大论。然而，这个《座谈会》的组成跟《告别圆舞曲》完全一样：五幕的通俗笑剧。

萨："通俗笑剧"这个词对您来说意味着什么?

昆：这意味着极尽所能地铺排着意外、夸张的巧合，借此突出情节的一种形式。就是拉比什[1]吧。在一部小说里，没有什么比过度的通俗笑剧性格更让人觉得可疑、可笑、过时、坏品味。从福楼拜开始，小说家就试着要抹去雕画情节的花哨手法，小说于是变得比最灰暗的人生还要灰暗。然而，最早的小说家对于不可能发生的事没有任何顾虑。在《唐吉诃德》第一卷里，有一家在西班牙中部某地的小酒馆，在那里，所有人因着纯然的巧合，相遇了：唐吉诃德、桑丘·潘沙，他们的朋友理发师和神甫，然后

① Eugène Labiche（1815—1888），法国喜剧作家。

是一个叫作卡迪纽的年轻人，有个叫作费南铎的家伙把他的未婚妻陆莘达偷走了，但是没多久多若泰也出现了，她是同样这个费南铎抛弃的未婚妻，后来是这个费南铎自己遇到了陆莘达，接着是一个从摩尔人的监狱逃出来的军官，接着是寻觅他数年的兄弟，然后又是他的女儿克拉拉，还有追赶克拉拉前来的情人，这个情人自己又被他爸爸的仆人们追赶……一堆完全不可能发生的巧合与相遇。但是也不能把这些事看成是塞万提斯作品的天真或笨拙。当时的小说还没跟读者缔结合约，追求逼真的效果。当时的小说无意模仿真实，只想让人觉得好玩、错愕、惊讶、着迷。当时的小说是游戏式的，而小说技艺的高超之处就在这里。十九世纪的开端代表着小说历史上的一次巨变。我会说这几乎是一次冲击。模仿真实的命令一下子就让塞万提斯的小酒馆变得可笑。二十世纪则时常反抗着十九世纪的传承。尽管如此，单纯地回归到塞万提斯式的小酒馆已经是不可能的事了。在小酒馆和我们之间，十九世纪写实主义的经验卡在那里，使得不可能发生的巧合构成的游戏不再纯真。这游戏要么变得滑稽离奇、讽刺，变成戏仿

（例如《梵蒂冈地窖》或是《费尔迪杜尔克》），不然就是荒诞空想，如梦似幻。卡夫卡的第一本小说《美国》就是个例子。请读第一章，卡尔·罗斯曼和他舅舅的相遇，一点也不像真的：就像是某种记忆里的乡愁，追想着塞万提斯式的小酒馆。但是在这部小说里，所有不像真实的（甚至不可能的）情境都是在这般细致的手法，在这般对于真实的幻想里召唤出来的，于是我们仿佛进入了一个尽管不像真的，却比现实更加真实的世界。我们得好好记住这件事：卡夫卡通过塞万提斯的小酒馆，通过通俗笑剧之门，走进他第一个"超现实"的世界（走进他第一次"真实与梦的融合"）。

萨："通俗笑剧"这个词让人想到消遣。

昆：伟大的欧洲小说在它刚开始的时候就是一种消遣，所有真正的小说家都对此怀抱着乡愁！而且，消遣并不排除沉重。在《告别圆舞曲》里，有人自问：人是否有在这个地球上生活的权利，是否应当将"让地球从人类的爪子解放出来"？把极度沉重的问题与极度轻盈的形式结合起来，这是我一向的野心。而且这不只是单纯的艺术野心。轻浮无聊的形式与严肃沉重的主题相结合，让我们的种种悲剧（发生在床笫之间的，以及我们在历史的大舞台上演的）在它们可怕的无意义之中掀去面纱。

萨：所以您的小说有两种形式的原型：(一)复调结构，它把异质的元素结合在一个以数字“七”为基础的建筑结构里；(二)通俗笑剧式、同质、戏剧性的结构，它发出不像真实的声音。

昆：我总是梦想着一次不曾预想的大出轨。但我一时还没能逃脱我跟这两种形式的双妻婚姻。

第五部

在那后面的某个地方

诗人并不发明诗
诗在那后面的某个地方
许久许久以来它就在那里
诗人只是发现它

——扬·斯卡采尔

1

我的朋友约瑟夫·什克沃雷茨基在他的一本书里说了这个真实的故事：

一名布拉格工程师受邀到伦敦参加一个科学研讨会。他去了，参加了讨论，然后回到布拉格。回去之后几个小时，他在办公室里拿起《红色权利报》——那是党的官方日报——在上头，他读到：一名捷克工程师被派到伦敦参加研讨会，他在西方媒体面前做了一份诋毁社会主义祖国的声明，然后，这名工程师决定留在西方。

一次非法移民的行动还加上一份这样的声明可不是小事。这种事可以换来二十年的牢狱之灾。我们这位工程师简直不敢相信自己的眼睛。但是文章说的就是他，这是千真万确的。他的秘书走进他的办公室，看见他的时候惊恐万分："我的天哪，"她说，"您竟然回来了！这实在不明智啊；报上是怎么写您的，您看到了吗？"

工程师在秘书的眼中看到了恐惧。他能做什么呢？他赶紧跑到《红色权利报》的编辑部。在那儿，他找到负责这篇文章的编辑。编辑向他道歉，确实，这种事真的很让人困扰，可他这个做编辑的，跟这事一点干系也没有，他是直接从内政部收到这篇稿子的。

工程师于是去了内政部。在那儿，人家告诉他，是的，当然，显然是弄错了，可他们在内政部工作的，跟这事一点干系也没有，他们是从伦敦大使馆的秘密警察那儿得到这份关于工程师的报告的。

工程师要求刊登一则更正启事。他们却跟他说，没有更正这回事，不过他们向他保证，他不会怎么样的，他尽可以放心。

但是工程师放不下心。相反，他很快就意识到自己突然被严密监视了，他的电话有人监听，他在街上有人跟踪。他睡不成眠，噩梦连连，直到有一天，他再也无法忍受这种压力，于是冒了许多真正的风险，非法离开了捷克。就这样，他真的成了一个移民。

2

我刚刚说的这个故事，人们会毫不犹豫地称之为卡夫卡式的故事。这个来自艺术作品的用语，仅由一位小说家的形象所决定，这个用语仿佛唯一的公约数，叙述着那些没有其他任何字词可以捕捉的处境（既是文学亦是真实的处境）的共同特质，政治学、社会学、心理学都无法给我们提供解开那些处境的钥匙。

可是卡夫卡式究竟是什么？

让我们试着描述几个方面：

首先：

工程师所面对的权力，它的特性是一座一望无际的迷宫。工程师在它无穷无尽的长廊上，永远走不到尽头，也永远找不到那个写下致命判决的人。于是他的处境跟面对法庭的约瑟夫·K或是面对城堡的土地测量员K一样。他们都在某个世界的中央，这个世界不过是一个迷宫般的巨大机构，但他们却无法躲避，也无法理解。

在卡夫卡以前，小说家们经常揭露种种机构的面貌，将之视为不同的个人或社会利益冲撞的竞技场。在卡夫卡的作品里，机构是服从于其自身律法的机制，人们已经不知道这些律法是何人于何时制定的，这些律法跟人类的利益也没有任何关系，因此这些律法是无法理解的。

其次：

在《城堡》第五章，村长为K巨细靡遗地说明关于他档案的长篇故事。我们长话短说：约莫十年前，城堡向村政府提出申请，说要雇一位土地测量员。村长的书面回复是否定的（没有人需要任何土地测量员），但这份书面回复却流落到另一个办公室，于是，官僚主义的重重误解构成了这个极度微妙的游戏，延续了漫漫数年，一天，由于疏忽，邀请函寄到了K的手中，而此刻所有相关的单位正好都已经动手把这份无效的旧提案清理掉。经过漫长的旅程，K于是因为错误而来到村里。更过分的是：由于对K来说，除了这个城堡和村子，他没有其他任何可能的世界，于是他的全部存在也只能是个错误。

在卡夫卡式的世界里，档案就像是柏拉图式的思想。它代表着真正的现实，而人的肉体存在却只是幻象在屏幕上投射的影子。其实，不管是土地测量员K也好，布拉格的工程师也好，他们都只是他们的档案卡片的影子；他们甚至远比这个还不如：他们是档案里的一个错误的影子，也就是说，他们这种影子，甚至连作为影子而存在的权利都没有。

但是，如果人的生活只是个影子，而真正的现实在别处，在无法到达之处，在非人和超人的境界，那我们就一下子进入神学了。事实上，卡夫卡最初的诠释者们正是把他的小说解释为一则宗教寓言。

这种诠释在我看来是错的（因为这种诠释在卡夫卡捕捉到人类生命具体处境的地方，看到的是某种寓意），但是也揭示了：凡权力自我神化之处，自然会产生权力自身的神学；凡权力表现有如上帝之处，就会引起对于权力的宗教感情。在这样的情况下，世界可以用神学的语汇来描述。

卡夫卡没有写下宗教的寓意，但是卡夫卡式（现实的也好，虚构的也好）跟它神学（或者该说：伪神学）的一面是不可分的。

第三：

拉斯科尔尼科夫无法承受他负罪的重量，为了寻求平静，他自愿得到处罚。这种情况众所周知，这是过错寻找惩罚。

在卡夫卡的作品里，逻辑是倒反的。被处罚的那个人并不知道处罚的原因。惩罚的荒谬是如此令人无法忍受，以至于为了寻求平静，被控诉者意欲为自己的刑罚找到正当的理由：这是惩罚寻找过错。

布拉格的工程师得到的处罚是被警方严密监视。这个惩罚需要不曾犯下的罪行，而被人们控诉非法移居西方的那位工程师，最后真的移居到国外去了。惩罚终于找到了过错。

K不知道自己被起诉的罪名是什么，在《审判》第七章，他决定回首检视自己的一生、自己所有的过去“直至最枝微末节之处”。“自我负罪”的机器启动了。被控诉者寻找他的过错。

一天，阿玛丽亚收到城堡某个官员写的一封猥亵信。盛怒之下，她把信撕了。城堡甚至无须谴责阿玛丽亚的鲁莽行为。恐惧（跟工程师在他女秘书眼中所见的一样）自己会发生作用。城堡方面没有下任何命令，也没有做出任何可以让人察觉的表示，但是所有人都避开阿玛丽亚一家人，仿佛她染上了瘟疫。

阿玛丽亚的父亲想要为自己的家人辩护。可是他遇到一个困难：不只是写下判决的人无从得见，甚至连判决本身都不存在！为了能够上诉，为了请求赦免，首先必须要被归罪！父亲乞求城堡宣告他女儿的罪行。要说这是惩罚寻找过错显然还不够。在这个“伪神学”的世界里，被惩罚的人恳求人们承认他有罪！

一个生活在今天的布拉格人，一旦失去靠山，有时候连最糟的工作也找不到。他徒劳地请求一纸证明，明确指出他犯了某种过错，明确禁止人们雇用他。判决书无从得见。而由于在布拉格，劳动是法律规定的一种义务，他最后被控是社会的寄生虫；这是说他因为逃避劳动所以是有罪的。惩罚找到了过错。

第四：

布拉格工程师的故事具有好笑的故事特质，具有玩笑的特质；这故事让人想笑。

两位先生，真的是随便什么人都可以（而不是法文译本要我们相信的“督察员”），某一天早晨突然出现在约瑟夫·K的床上，向他宣告，他被逮捕了，还把他的早餐也吃了。K作为一个训练有素的公务员，他没有把两人逐出公寓，反倒在他们面前为自己做了长篇的辩护，身上还穿着睡衣。卡夫卡把《审判》的第一章读给朋友们听的时候，所有人都笑了，作者也笑了。

菲利普·罗斯想象的《城堡》电影版是这样的：格劳乔·马

克斯饰演土地测量员K，他的哥哥奇科和哈泼饰演那两个助手[1]。是的，罗斯想的很对：喜剧性和卡夫卡式的本质是不可分的。

但是对工程师来说，知道自己的故事有喜剧性，这对他心情的放松丝毫派不上用场。他被封闭在自己生活的笑话里，就像一尾鱼在玻璃缸里；他不觉得这有什么好笑的。事实上，笑话只对那些在玻璃缸前面的人才好笑；相反，卡夫卡式的东西把我们引领到内在，进入笑话的肺腑之中，进入喜剧性的骇人之处。

在卡夫卡式的世界里，喜剧性并不是悲剧性的一个对位法的呈现（悲喜剧），就像莎士比亚的戏剧一样，喜剧性在那里不是要借助于调性的轻盈而让悲剧性变得比较让人容易承受；喜剧性不是悲剧性的陪衬，不是的，喜剧性将悲剧性摧毁于诞生之际，它把受害者还抱持希望的唯一慰藉都剥夺了：这慰藉在于悲剧的崇高伟大（真正的或假设的）。工程师失去了他的祖国，所有的听众都笑了。

① 此三人是美国二十世纪三十年代著名喜剧团体“马克斯兄弟”的成员。

3

在现代的历史里，有些时期的生活就像卡夫卡的小说。

还在布拉格生活的时候，多少次我听见人们用“城堡”这个词来指称党的秘书处（一幢丑陋但堪称现代的房屋）。多少次我听见人们用克拉姆给党的第二号人物（某位叫作亨德里希的同志）当绰号（由于捷克文克拉姆的意思是“幻影”或“假象”，克拉姆这名字叫起来就更动听了）。

诗人N是捷共知名的大人物，五十年代，他在一次斯大林式的审判之后锒铛入狱。他在牢房里写了一本诗集，宣称自己对共产党是忠诚的，尽管这一切恐怖的事情降临在他身上。他这么做不是因为怯懦。诗人在他的忠诚（对于屠杀他的刽子手们的忠诚）里看到了自己的美德、自己的正直的标记。知道这本诗集的布拉格人，以某种绝妙的讽刺给诗集取了个别名：《约瑟夫·K的感恩》。

所有的形象、处境，甚至一字不差地从卡夫卡小说里摘出来的句子，都是布拉格生活的一部分。

这就是说，人们很可能会得出这样的结论：属于卡夫卡的形象在布拉格栩栩如生，因为这些形象预言着极权社会。

然而，这个肯定的说法还是得修正：卡夫卡式并非一个社会学或政治学的概念。人们试图将卡夫卡的小说当作某种批判，对象是工业社会、剥削、异化、资产阶级的伦理，简言之，就是对资本主义的批判。但是，在卡夫卡的世界里，我们几乎找不到任何构成资本主义的东西：没有金钱及其力量，没有商业，没有地产和地主，也没有阶级斗争。

卡夫卡式也无法呼应极权主义的定义。在卡夫卡的小说里，没有党，没有意识形态及其语汇，没有政治，没有警察，没有军队。

所以卡夫卡式更像是代表人与人世的某种基本可能性，这个可能性在历史的进程里尚未定型，几乎永远伴随着人。

但是这番说明并没有让问题消失：为什么卡夫卡的小说在布

拉格就可以跟生活融合在一起，而在巴黎，同样是这些小说，却会被理解为作者以神秘费解的方式表现自己纯然主观的世界？这意味着人们称之为卡夫卡式的这个对于人与人世的虚拟，比在巴黎更易转化为布拉格的具体命运？

在现代的历史里，有某些倾向在大社会的维度里生产着卡夫卡式的东西：逐渐集中的权力倾向于自我神化；官僚化的社会活动将所有的制度转化为一望无际的迷宫；结果是个体的人格特质被剥除。

极权国家作为这些倾向的极度集中，凸显了卡夫卡的小说与现实生活之间的紧密关联。但是如果人们在西方看不到这样的关系，这不仅是因为所谓的民主社会比起今日的布拉格，较不卡夫卡式。在我看来，这更是因为在这里，人们命定地丧失了对于现实的感官。

所谓的民主社会毕竟也经历过剥除个人特质与官僚化的进程；整个地球都成了这个进程的舞台。卡夫卡的小说是这个进程梦幻加上想象的夸张；极权国家是这个进程乏味又物质的夸张。

但是，为什么卡夫卡是第一个捕捉到这些倾向的小说家？而这些倾向在他死后才在历史的舞台上清楚而粗暴地展现出来？

4

只要我们不想让那些故弄玄虚的故事和传说欺骗，我们就不会找到任何跟弗兰茨·卡夫卡的政治兴趣相关的重要线索；在这层意义下，卡夫卡跟他所有的布拉格朋友都不一样，像是马克斯·布洛德[1]、弗兰茨·魏菲尔[2]、埃贡·埃尔温·基什[3]，还有

① Max Brod（1884—1968），出生于布拉格的小说家，卡夫卡的至交。于卡夫卡死后编辑出版他的作品、日记和书信。

② Franz Werfel（1890—1945），出生于布拉格的诗人、剧作家、小说家。

③ Egon Erwin Kisch（1885—1948），出生于布拉格的记者、作家。

所有声称自己认识历史意义，愉悦地召唤着未来面貌的前卫作家。

不然，为什么今天人们拿来当作政治社会预言而接受的，不是这些人的作品，而是他们那位内向又专注于自己生活与艺术的孤独伙伴？也因为被视为政治社会的预言，他的作品在地球上的很多地方都被禁了。

有一天，在一位老朋友家里看到一幕小小的争吵之后，我想着这个神秘的现象。这位老友，她在一九五一年的布拉格，在斯大林派的审判期间，为了一些不曾犯下的罪行而被逮捕、被判刑。除了她，当时还有数百位共产党员也陷入跟她一样的处境。这些人终其一生都全盘认同他们的党，结果党却突然成了控诉他们的人，他们接受了，他们跟约瑟夫·K一样，“回首检视他们过去的生命，直至最枝微末节之处”，为了找到隐藏起来的错误，最后，他们承认了一些想象的罪行。我这位朋友挽救了自己的性命，因为她凭着非凡的勇气，拒绝把自己变得跟其他同志一样，像诗人N一样，去“寻找错误”。由于拒绝帮助屠杀自己的刽子手，她在终审的舞台派不上用场。于是，她没有被吊死，只被判了终身监禁。十五年后，她得到全面平反而获释。

这个女人被逮捕的时候，她的孩子才一岁。出狱之后，她就跟她十六岁的儿子重逢了，她跟儿子两个人幸福地过着俭朴的隐居生活。她对儿子依恋甚深，这是完全可以理解的。我去看他们的时候，她的儿子已经二十六岁了。母亲被儿子触怒，正在哭。事情的起因根本就微不足道：儿子早上太晚起床这类的事。我对母亲说："你干嘛为这鸡毛蒜皮的事情生气？这种事值得哭吗？你也太过分了吧！"

母亲没有回答，倒是孩子说了："不，我母亲没有过分。我母亲是个优秀又勇敢的女人。在所有人都失败的时候，她知道该如何反抗。她要我成为一个正直的人。没错，我真的是太晚起床了，但是我母亲指责我的，是更深层的问题；是我的态度，是我自私的态度。我要成为我母亲期待的那个样子，我在你面前向她保证。"

党在母亲身上从来不曾做到的事，母亲在儿子身上做到了。她强迫儿子认同荒谬的指控，强迫他去"寻找错误"，强迫他公开认错。我目瞪口呆地看着这一幕迷你的斯大林式审判，我这才恍然理解了，作用于伟大历史事件（从外表上看来不可思议又不人性的事件）的内部心理机制，跟作用于私人处境（极其平庸又非常人性的处境）的心理机制是一样的。

5

卡夫卡写给父亲却又从未寄出的那封著名的信，清楚地显示着卡夫卡是从家庭之中，从双亲被神化的权力与孩子之间的关系里，认识了让人负罪的技术，这技术成了他小说的一大主题。在《判决》这个紧紧连接著作者家庭经验的短篇小说里，父亲指控儿子并且命令他投水自尽。儿子接受这个虚构的负罪，他将纵身投入河里，就跟他的后继者约瑟夫·K一样顺从（约瑟夫·K被一个神秘的组织归罪，他会让人将自己宰杀）。两个指控、两个让人负罪的技术和两个执行死刑的方式之间的相似，透露了卡夫卡作品里的连续性，连接着私人家庭的“极权主义”与大社会视野下的“极权主义”。

极权社会，尤其是走极端的那些版本，倾向于废除公共领域和私人领域之间的界限；而越来越不透明的权力，则要求公民生活得要透明至极点。这种无秘密的生活的理想，跟模范家庭的理想相符：一个公民在党或国家面前，没有权利隐藏任何事物，同样的，一个孩子面对父亲或母亲，也没有权利保有秘密。极权社会在政治宣传里展示着田园诗般的甜美微笑：这些极权社会想让人看起来像是“唯一的大家庭”。

人们常说卡夫卡的小说表达了对于团体以及跟人接触的强烈欲望；似乎K这个失根的生命只有唯一的目标：克服他孤独的诅咒。但是，这种解释不仅是一种老调，一种意义的简化，更是一个误解。

土地测量员K根本从来没花过心思要去征服那些人，要去赢得他们的热情，他不愿像萨特笔下的俄瑞斯忒斯一样，变成“人群里的人”；他不止想被一个团体接受，还想被一个制度接受。为了达到这个目的，他得付出昂贵的代价：他得放弃他的孤独。而这正是他的地狱。他从此无法独自一人，城堡派来的两个助手不停地跟在他身边。他们高高地坐在咖啡馆的柜台上，观看了他跟弗莉达第一次做爱，而从这一刻开始，两个助手不再离开那张床。

不是孤独的诅咒，而是*被侵犯的孤独*，这才是卡夫卡挥之不去的执念。

卡尔·罗斯曼不停地被所有人打扰；人家卖了他的衣服；夺走了他仅有的一张父母亲的照片；在宿舍里，一群小伙子在他床边进行拳击赛，不时有人跌在他身上；罗宾逊与德拉马舍这两个混混，强迫他跟他们一起在他们家生活，只为了让肥婆布鲁纳尔达的叹息声回荡在他的睡梦里。

约瑟夫·K的故事也是从侵犯隐私开始的：两位陌生的先生跑到他的床前将他逮捕。从这一天起，他就不再感觉到自己是独自一人了：法庭会跟着他，观察他，还会跟他说话；他的私生活会一点一滴地消失，被那围捕他的神秘组织吞没。

抒情的灵魂们喜欢赞扬秘密的取消以及私生活的透明性，这些灵魂体会不到他们所引发的进程。极权主义的起点跟《审判》的起点很相似：有人会跑来突然出现在您的床前。有人会跑到您的床上，就像您父亲和母亲喜欢做的那样。

人们经常自问，卡夫卡的小说究竟是作者最个人、最隐私的冲突的投射，还是客观“社会机器”的描述？

卡夫卡式并不限于私密的范围，也不限于公共领域；它包含了这两者。公共领域是私人领域的镜子，私人领域反映着公共领域。

6

微观社会学的实际事物产生了卡夫卡式的东西，谈到这个，我不仅想到家庭，也想到卡夫卡在其中度过他整个成年生活的那个组织：办公室。

人们经常把卡夫卡笔下的主人翁诠释为讽喻知识分子的投射，但是格里高尔·萨姆沙可是一点也不知识分子。当他醒来变成一只甲虫的时候，他担心的只有一件事：在这个新状态之下，他如何准时到达办公室？他的脑袋里只有他的职业让他习惯于服从与纪律：他是一个雇员，一个公务员。卡夫卡所有的人物也都是这样。公务员的意思并不是某种社会学的类型（就像左拉小说里的那个样子），而是某种属于人的可能性，某种存在的基本方式。

在公务员的官僚世界里，首先，那里没有主动性，没有创造力，没有行动的自由；只有命令与规定：这是服从的世界。

其次，公务员执行着整个行政大行动的一小部分，这个大行动的目的和前景是他无法掌握的；这是所有动作都已经机械化的世界，这里的人都不知道他们所作所为的意义。

第三，公务员只要应付一些不知姓名的人和一些档案：这是抽象的世界。

把一本小说放在这个服从的、机械的、抽象的世界里，在这个世界里，人类唯一的冒险就是从一个办公室到另一个办公室，这可是跟英雄史诗的本质背道而驰。于是问题就来了：卡夫卡如何将这种黯淡无生气又反诗意的素材转化为迷惑人心的小说？

我们可以在他写给米莱娜的一封信里找到答案："办公室不是一个愚蠢的机构；它应该属于幻想的范畴，而不是属于愚蠢。"这个句子隐含着卡夫卡一个最大的秘密。卡夫卡懂得观看那些无人得见的东西：他不只看到官僚现象对于人、对于人的境况及未来的重大影响，同时（更令人惊讶的是）也看到如诗的虚拟，蕴含在办公室的鬼魅特性之中。

但是，办公室属于幻想，这句话是什么意思？

布拉格的工程师应该懂得：他档案里的一个错误把他投映在伦敦，于是他在布拉格游荡，成了不折不扣的鬼魂，追寻失去的身体，而他所造访的一个个办公室在他眼里成了一座一望无际的迷宫，源自一个陌生的神话传统。

卡夫卡凭借他在官僚世界里瞥见的幻想，做成了在他之前看似不可思议的事情：他将某种反诗意至极的素材（极度官僚化的社会的素材）变成小说伟大的诗篇；他将一则极为平庸的故事（有个男人无法得到原先被承诺的职位，也就是《城堡》的故事）变成神话，变成史诗，变成前所未见的美。

卡夫卡将办公室的背景扩大成一个世界的巨大维度，成就了一幅深深吸引我们的图像（这结果他根本没想到），因为这幅图像和一个卡夫卡从来不曾认识的社会十分相像（这个社会，就是今日布拉格人的社会）。

事实上，一个极权国家只是一个单一的巨大行政机构：既然国家在这个行政机构里控制了所有的工作，那么各行各业的人们就成了*雇员*。工人不再是工人，法官不再是法官，商人不再是商人，神甫不再是神甫，他们都成了国家的公务员。“我属于法庭。”神甫对约瑟夫·K这么说，在大教堂里。律师们也一样，在卡夫卡的作品里，他们都是为法庭工作的。今天的布拉格人对此不会感到惊讶。布拉格人不见得会比K得到更好的辩护。他们的律师不再为被告工作，而是为法庭服务。

7

一组由百首四行诗构成的诗作，带着近乎童稚的单纯，探索着最沉重也最复杂的领域，伟大的捷克诗人这么写道：

诗人并不发明诗
诗在那后面的某个地方
许久许久以来它就在那里
诗人只是发现它

所以写作对诗人来说，意味着打破一层隔板，在隔板后面的暗影里，藏着某些永恒不变的东西（“诗”）。这正是为什么“诗”

出现在我们面前的时候，立刻让人目眩神迷。

我十四岁的时候第一次读了《城堡》，此后，这本书不曾再带给我如此强烈的魅惑，尽管书中包含的一切广泛知识（属于卡夫卡式的一切真实范围）对当时的我来说是难以理解的：我还是目眩神迷。

后来，我的眼睛习惯了“诗”的光芒，开始在这些让我目眩神迷的东西里看到我自己的经历；然而，光芒始终在那里。

永恒不变，“诗”等着我们，扬·斯卡采尔这么说，“许久许久以来它就在那里”。但是，在变动不居的世界里，永恒不变难道不是纯粹的幻象吗？

不是的。所有的处境都是人的作为，而且也只能包含人身上的东西；所以我们可以想象这处境是存在的（真实处境及其形而上的部分），作为人类的可能性，“许久许久以来它就在那里”。

但是在这样的情况下，历史（非永恒不变的事物）对诗人来说代表着什么？

在诗人眼里，历史这个奇怪的东西，处于一个跟诗人平行的位置：历史并不发明，历史只是发现。借着不曾出现的处境，历史揭露了人是什么，“许久许久以来”就在人身上的是什么，人的可能性又是什么。

如果“诗”已经在那里，那么要说诗人有预见的能力就不合逻辑了；的确，诗人“只是发现”人类的某种可能性（这首“诗”，“许久许久以来它就在那里”），历史也一样，有一天历史也会发现这个人类的可能性。

卡夫卡没有预言什么。他只是看到“在那后面”的事情。他不知道他的所见也是一种预见。他无意揭开某种社会体系的假面。他只是将他在人的私密事物与微观社会学的实际事物上所认识的种种机制放在明亮的光线下检视，也没想到历史后来的演变会在历史的大舞台上启动这些机制。

权力催眠的目光，绝望地寻找自身的错误，排斥以及忧心被排斥的不安，对于因循随俗的谴责，真实的鬼魅特性以及档案的魔幻写实，对私密生活永恒不绝的侵犯等等，历史在它硕大的试管里用人所做的这一切实验，卡夫卡（在若干年前）在他的小说里已经做了。

极权国家的真实世界与卡夫卡的“诗”的相遇会一直保有某种神秘，这相遇将永远见证，诗的行为因其自身的本质，是无法计算的；悖论则是：卡夫卡小说巨大的社会、政治、“预言”意义，正是存在于它们的“非介入”之中，也就是说，存在于这些小说面对一切政治纲领、意识形态、未来学预测时的完全自主之中。

其实，如果诗人不是去寻找隐藏在“那后面的某地方”的“诗”，而是去“介入”，事先运用某个众所皆知的真理（这真理自己会出现，它在“那前面”），如此，诗人就是放弃了诗自身的使命。这预先构想的真理唤作革命或是异端，唤作基督信仰或是无神论，都无关宏旨，这真理的正确性多些、少些也无关紧要；诗人如果不是为了一个待人发现的真理（让人目眩神迷的真理）服务，他就是个假诗人。

我如此热烈地执着于卡夫卡的传承，有如捍卫我个人遗产那般捍卫它，这并不是因为我认为模仿那无从模仿的事物有什么用处（然后再一次发现卡夫卡式的东西），而是因为卡夫卡的传承，是小说（是作为小说而存在的诗）彻底自主性非常了不起的例子。凭借这样的彻底自主性，弗兰茨·卡夫卡对于我们的人类境况（一如它在我们这个世纪所展露的）说出了社会学或政治学反思所无法告诉我们的事。

第六部

六十三个词*

* 法文版《小说的艺术》第六部原为《七十三个词》。作者为译本删去了十个词，因为这些文字牵涉到法文字词的词源分析，作者认为只有用法文陈述才能理解。

在一九六八年和一九六九年,《玩笑》被翻译成西方所有的语言。但是，多么令人讶异！在法国，译者给我的文体添了装饰，重写了这部小说。在英国，出版社把所有反思性的段落都砍掉了，删去了音乐理论的那几章，更动了小说里七个部分的顺序，重组了这部小说。在另一个国家。我遇到我的译者：捷克文他一字不识。“您是如何翻译的呢?”他答道:“用我的心。”然后他从皮夹子里拿出我的相片给我看。他是那么的讨人喜欢，以至于我几乎要相信有人真的可以靠心灵的感应来做翻译。当然，事情其实也没那么复杂：他是从法文的改写本翻译过去的，英国的译者也是这样。还有另一个国家：译者是从捷克文翻译的。我打开书，刚好翻到埃莱娜的独白。那些长句原本在我书里都占了整整一段，现在却被分成一大堆简单句……《玩笑》的译本带来的惊吓让我毕生难忘。对于实际上不再拥有捷克读者的我来说，译本更是代表了一切。这就是为什么我在若干年前终于决定动手整理我写的书的外文版本。这事做起来不是没有冲突，而且也不轻松：在三四种我懂的外国语言里对我的新旧小说进行阅读、审查、修订，完完整整地占去了我生活中的一整个时期……

一个作者竭尽心力盯着自己小说的译本，追赶着不可计数的字词，那就像牧羊人追着一群野羊；这画面对他自己来说是可悲，对其他人来说是可笑。我猜想我的朋友，《辩论》（*Le Débat*）杂志的社长皮埃尔·诺拉，很能体会我这种牧羊人的存在，那种滑稽得可悲的样貌。有一天，他带着掩饰得很笨拙的同情对我说："还是忘了你那些苦恼吧，给我的杂志写些东西比较实在啊。那些译本逼得你不得不去反省你的每一个字词。你就写一部你个人的词典吧。一部属于你小说的词典。你的关键词、你的问题词、你的爱情词……"

于是，这事就这么做了。

【奥克塔维奥】*OCTAVIO*　我正在编写这个小词典，墨西哥中部发生了那场可怕的地震，奥克塔维奥·帕斯和他的妻子玛丽-乔就住在那里。整整九天都没有他们的消息。九月二十七日，电话响起：有了奥克塔维奥的消息。我开了一瓶酒祝他健康。然后把他的名字，如此亲爱的，亲爱的名字，作为这些词当中的第一个。

【背叛】*TRAHIR* “可到底什么是背叛？背叛，就是脱离自己的位置。背叛，就是摆脱原位，投向未知。萨比娜觉得再没有比投身未知更美妙的了。”（《不能承受的生命之轻》）

【笔名】*PSEUDONYME* 我梦想着一个世界，那里的作家都受制于法律，不得不对他们的身份保密，使用笔名。这有三个好处：彻底限制了写作狂；降低了文学生活中的挑衅；再也看不到以作者的传记来诠释一个作品。

【边界】*FRONTIÈRE* “只要轻轻一动，只要轻如浮尘的一点细微变动，她就会掉到边界的另一头，一旦越过边界，任何事物就不再有意义了：爱情、各种信念、信仰、历史通通都会失去意义。人类生命的一切奥秘就在于，生命正是紧靠（甚至是紧贴）在此边界上展开的，生命与此边界的距离无须以公里计，两者相距不过毫厘而已……”（《笑忘录》）

【沉思】*MÉDITATION* 小说家的三种基本可能性：他述说一个故事（菲尔丁），他描写一个故事（福楼拜），他思考一个故事（穆齐尔）。小说式的描写在十九世纪跟时代精神（实证主义、科学的精神）一致。把一部小说建立在恒常不断的沉思之上，此举在二十世纪违逆了时代精神，这个时代一点也不喜欢思考。

【重复】*RÉPÉTITION* 纳博科夫指出，在《安娜·卡列宁娜》的开头，在俄语原文里，“屋子”这个词在六个句子里重复出现了八次，这个重复是作者刻意使用的一个手法。然而，在法文译本里，“屋子”这个词却只出现了一次，在捷克文译本里，也不超过两次。也是在同一本书里：托尔斯泰用了“说”的地方，我在译本里发现了“大声说”、“反驳”、“接着说”、“喊叫”、“下结论”，等等。译者们疯狂迷恋同义词。（我否定同义词本身的概念，因为每个词都有它自身的意义，在语义学上，这是无可替代的。）帕斯卡尔说：“一篇论文里出现重复字词的时候，如果试图把它改成我们认为很恰当的样子，那就糟蹋这篇论文了，我们得保留重复的字词，这正是文章的标记。”丰富的语汇本身并不具有价值：在海明威的作品里，正是有限的语汇，相同字词在同一段落里的重复，营造出属于海明威风格的旋律和美丽。在最优美的法兰西风格里，有一部作品的第一段对于重复有着游戏般的讲究："我狂热地爱着某某伯爵夫人；我二十岁，我天真纯朴；她欺骗我，我生气，她离我而去。我天真纯朴，我懊悔失去了她；我二十岁，她原谅我：而因为我二十岁，因为我天真纯朴，我一直被欺骗，却不再被抛弃，我以为我是最被宠爱的情人，因此也是男人之中最幸福的……"（维旺·德农[①]:《明日不再来》）（见〖连祷〗）

【大男人（与厌恶女性的人）】*MACHO*（*et mysogyne*） 大男人喜爱女性特质并且渴望支配他所喜爱的。当他颂赞着他支配的女人所拥有的女性特质原型（她的母性、她的生育力、她的软弱、她的家居特性、她的多愁善感，诸如此类），他其实也在颂赞自己的男子气概。相反，厌恶女性的人害怕女性特质，他从那些过于女人的女人身边逃开。大男人的理想：家庭。厌恶女性的人的理想：独身并且拥有许多情人；或者：跟一个他爱的女人结婚，没有小孩。

【定义】*DÉFINITION* 小说思考的脉络是由若干抽象字词的

---

① Vivant Denon（1747—1825），法国作家、画家。

骨架支撑起来的。如果我不想掉进模糊暧昧——在其中，所有人都一无所知，却又认为自己理解一切——我不仅要以极为精确的方式选择这些字词，还得给这些字词定义，再定义。（见〖命运〗、〖边界〗、〖轻〗、〖激情〗、〖背叛〗）在我看来，一部小说经常就是一趟长途的追逐，追捕若干逃逸的定义。

【反思】*RÉFLEXION*　最难翻译的不是对话，不是描述，而是反思性的段落。必须保留它们的绝对精确（每次在语义上的不忠，都会让反思变得不确实），同时又保留它们的美。反思之美展现在反思的诗的形式里。我所知有三：（一）格言，（二）连祷，（三）隐喻。（见〖格言〗、〖连祷〗、〖隐喻〗）

【访谈】*INTERVIEW*　希望那第一个允许记者随兴修改他论点的作家遭受诅咒吧！他开启的进程只能导致作家消失：作家是该为自己的每一个字负责的人。不过，我还是很喜欢对话（这是一种重要的文学形式），我也很满意有几次这样反复深思、撰写、校订的讨论。唉，以一般形式进行的访谈根本称不上对话：（一）访谈者向您提出一些他感兴趣的问题，您却对此毫无兴趣；

（二）您的种种回答，访谈者只挑那些合意的来用；（三）访谈者将您的回答转译成他的语汇，转译成他的思考方式。访谈者模仿美国的新闻业，他甚至不屑让您重读、核实他让您说出的话。访谈刊出来了。您自我安慰：人们很快就会忘了！完全不是这样的：人们会引用它！甚至连最严谨的大学教授也不再区分作家亲笔所写与作家被报导的谈话（历史上的先例：古斯塔夫·雅努赫的《与卡夫卡的谈话》，故弄玄虚，却成了研究卡夫卡的学者取之不尽的引述来源）。一九八五年六月，我坚定地下了决心：从此不再接受访谈。除非是对话，经我共同修订，并且附上我的版权标记，否则所有报导我的谈话从此刻起，都该被当作赝品。

【非存在】*NON-ÊTRE* “……死亡像‘非存在’一样，温柔地泛着淡蓝色的光。”我们不能说：“淡淡的蓝色像是‘不存在’一样，”因为“不存在”不是淡淡的蓝色。证明了“不存在”与“非存在”是完全不同的两件事。

【讽刺】*IRONIE* 谁对谁错？爱玛·包法利令人无法忍受，还是勇敢并且令人感动？少年维特呢？感情丰富而高贵？或者说，他是个多愁善感又有攻击性，爱恋着自己的人？我们读小说读得越专心，就越不可能找到答案，因为小说就定义来说，是讽刺的艺术：它的“真理”是隐藏的，没被说出来的，无法说出来的。“拉佐莫夫，您还记得吗？女人、孩子和革命分子都厌恶讽刺，因为讽刺否定了所有宽宏大度的本能、所有的信仰、所有奉献的精神、所有的行动！”约瑟夫·康拉德[①]在《在西方的目光下》这部小说里，让一个俄国女革命分子这么说。讽刺令人发怒，不是因为它嘲笑或攻击谁，而是因为它视世界为混沌暧昧，它为世界揭去面纱的同时，也剥夺了我们确信的某些事。列奥纳多·夏侠[②]说：“没有什么比讽刺更难以理解，更无法捉摸。”想要借着文体的矫饰让小说变“难”，这是徒劳的；每一部称得上小说的小说，尽管文笔清晰，也因为与小说共存的讽刺而有足够的难度。

【改写】*REWRITING*　访谈、对谈、采访。改编、重新编曲、拍成电影、拍成电视剧。改写是这个时代的精神。“有一天，所有过去的文化都会被完全重写，被完全遗忘在它们的改写背后。”

(《雅克和他的主人》引言)还有:“人家写好的东西，胆敢把它重写的人去死吧!最好把这些人通通都阉掉，顺便把他们的耳朵也割下来!”(《雅克和他的主人》)

【概念】*IDÉES* 我感到厌恶，那些人把作品简化为作品的概念。我感到恐惧，因为我被引入所谓的“概念的论辩”里。我感到绝望，这个时代迷蒙于种种对作品来说无足轻重的概念。

【格言】*APHORISME* 源自希腊文的aphorismos，意思是“定义”。格言:定义以诗的形式呈现。(见〖定义〗)

【孩童政权】*INFANTOCRATIE* “一个摩托车骑士冲进空荡荡的街道，双臂和双腿成O字，在雷鸣般的声响里，冲上笔直的大道;他的脸庞带着孩童的认真，这给了他的吼叫无比的重要性。”(穆齐尔《没有个性的人》)孩童的认真:科技时代的面孔。孩童政权:将童年的理想强加给人类。

---

① Joseph Conrad(1857—1924)，英国小说家。

② Leonardo Sciascia(1921—1989)，意大利小说家。

【合作分子／走狗】*COLLABO* 历史的情境永远是新的，始终揭露着人的恒常的可能性，并且让我们得以为其命名。如是，“合作”（collaboration）这个词在对抗纳粹的战争期间，就获得了一个新的意义：自愿为一个邪恶的权力服务。了不起的概念！人类怎么可以没有它，就这样一直过到一九四四年？这个词一旦被找出来，人们才越来越体会到，人的活动具有合作的特性。所有颂赞大众传播的喧嚷、广告的低能微笑、对大自然的遗忘、把冒失鲁莽当作美德的人们，都该叫作：现代事物的合作分子／走狗。

【价值】*VALEUR* 六〇年代的结构主义把价值问题放进括号里，存而不论。而结构主义美学的奠基者却说：“只有客观美学价值的假设才能赋予艺术的历史演进一种意义。”（扬·穆卡若夫斯基，《作为社会事实的功能、规范与美学价值》，布拉格，一九三四年）对某种美学价值提出质问，意思就是：试图为种种发现、创新，亦即一个作品投射在人类世界的新光芒，勾勒出轮廓并且命名。只有公认有价值的作品（人们理解它的新意并且为它命名）才能成为“艺术的历史演进”的一部分，这个演进过程不是单纯的一连串事实，而是对于价值的一种追寻。如果人们排除了价值问题，却自满于对一个作品（某个历史时期的作品、某个文化的作品，等等）的描述（主题式的、社会学式的、形式主义的），如果人们给所有文化和所有文化活动（巴赫和摇滚乐，漫画和普鲁斯特）都标上平等的记号，如果艺术评论（关于价值的思考）再也找不到自我表述的地方，那么“艺术的历史演进”将会让它的意义蒙上浓雾，它将会崩解，成为所有作品巨大而荒谬的仓库。

【捷克斯洛伐克】*TCHÉCOSLOVAQUIE*　我在小说里从来不用“捷克斯洛伐克”这个词，虽然小说情节通常发生在那里。这个组合词太年轻了（诞生于一九一八年），没有在时间里扎根，没有美感，这个组合词也泄漏了它命名对象的特性：组合的，并且太过年轻（未经过时间的考验）。尽管我们在必要的时候，可以在这么不坚固的字词上建立一个国家，但我们无法在其上建立一部小说。这就是为什么我总是用波希米亚这个老词来指称我小说人物的家乡。从政治地理学的观点看来，这样的做法并不精确，但从诗的观点来说，这是唯一可能的命名。

【节奏】*RYTHME* 我很怕听到自己的心跳，它不停地提醒我，生命的时间被数着数。所以我总是在乐谱标画的节拍线上，看见某些与死亡有关的东西。但是最伟大的节奏大师都知道如何让这单调而可预见的规律性静默无声。伟大的复调音乐家：对位的、水平的思维减弱了节拍的重要性。贝多芬：在他最后的时期，人们几乎听不出节拍，尤其是那些缓慢的乐章，节奏如此复杂。我对梅西昂[①]非常欣赏：他用增添或抽掉一些短小的节奏时值[②]的技巧，发明了一个无法预见也无法计算的时间结构。既定的想法：节奏的天才通过高声喧哗所强调的规律性展现。错。摇滚乐令人厌倦的节奏原始主义：心跳被夸张放大，好让人一秒也不要忘记他正走向死亡。

【精英主义】*ÉLITISME* “精英主义”这个词直到一九六七年才出现在法国，“精英主义者”则是在一九六八年。这是有史以来第一次，语言本身在精英的概念上投射了某种负面的，甚至是轻蔑的看法。

共产主义国家官方的宣传在同一个时刻开始批斗精英主义和精英主义者。借由“精英主义”与“精英”这两个词，官方宣传的矛头不是对准企业领导人，也不是著名的运动员或政客，而是专门对准文化精英，像是哲学家、作家、教授、历史学家、电影界和戏剧界的人。

事件的同时性令人惊讶。这让人觉得整个欧洲都是这样，文化精英正在让位给其他精英。在那儿，是让位给警察机器。在这儿，让位给大众传播机器。这些新就位的精英，没有人会以精英主义指控他们。于是，“精英主义”这个词不久就会堕入遗忘之中。（见〖欧洲〗）

【老年】*VIEILLESSE*　“老学者在观察这群喧闹的年轻人，他突然明白在这大厅之中他是唯一拥有自由的人，因为他已经上了年纪；只有当一个人上了年纪，他才可能对身边的人，对公众，对未来无所顾忌。他只和即将来临的死神朝夕相伴，而死神既没

① Olivier Messiaen（1908—1992），法国作曲家、管风琴家。

② 即音符的长度。

有眼睛也没有耳朵，他用不着讨好死神；他可以说他喜欢说的东西，做他喜欢做的事情。”（《生活在别处》）伦勃朗和毕加索。布鲁克纳[①]和雅纳切克。巴赫和《赋格的艺术》。

【连祷】*LITANIE* 重复：作曲的原则。连祷：话语成为音乐。我希望小说在它思辨的段落里，不时转化为歌声。以下是《玩笑》里的一段连祷，写的是关于家园（*chez-moi*）这个词：

“……我觉得在这些歌中存在着我的出路，我最初的印记，我背叛了的家园，而正因我背叛了，更是我的家园（因为最揪心的痛苦表达是从被背叛的家园中生出的）；但我同时明白，这一家园不属于这个世界（可那是怎样的家园，假如它都不属于这个世界？），我们所吟唱的只不过是一个回忆，一个纪念碑，是对已不存在的东西在想象中的保存，我感到这一家园的地面在我的脚下塌陷，而我嘴上叼着口琴，滑入一年复一年、一个世纪接一个世纪的深渊中，滑入一个无底的深渊中，于是我惊诧地对自己说，我唯一的家园就是这一下坠、这一下沉，这一饱含探寻、贪婪的下坠、下沉，我完全委身于它，委身于眩晕的快感。”

在法文本的初版，所有的重复都被同义词替换了：

“……我觉得在这些歌词中，我就像在我家中，我来自这些歌词，这些歌词的全部就是我最初的标记，我的家，由于我的背叛，尤其属于我（因为最揪心的痛苦表达是从我们不再配获得的窝中生出的）；确实，我隐隐感到它不属于这个世界（那它还是一个存身之处吗，假如它并不处于这个世界上？），我们的吟唱与我们的旋律，除了我们的回忆、我们的纪念碑和一个不再存在的美妙现实的图像残余之外，再无别的实体，我感到在我的脚下塌陷着这个家的地基，我感到，嘴上叼着口琴，我滑入一年复一年、一个世纪接一个世纪的深洞中，滑入一个无底的深渊中，于是我惊讶地对自己说，这一下坠是我唯一的寄托，这一饱含探寻、贪婪的下坠，于是我就这样任我下坠，完全沉浸到眩晕的快感之中。”

同义词不仅破坏了文字的旋律，也破坏了意义的明确。（见

---

① Anton Bruckner（1824—1896），奥地利作曲家。

〖重复〗)

【流畅】*COULER* 肖邦在一封信里描写了他在英国的生活。他在上流社会的沙龙里演奏，贵妇们总是用同样的句子表达她们的着迷："噢！真美！这音乐流畅得跟水一样！"肖邦听了就有气，就像我听到有人用相同的句子赞美译本："这翻译很流畅。"又或者："有人说这是一位法国作家写的。"把海明威当作法国作家来读，实在是非常糟糕的事！根本无法想象他的风格会出现在一个法国作家的作品里！我的意大利出版人罗贝托·卡拉索说："我们认定一个好译本的标准，不在于它的流畅，而是在译者有勇气保留并且捍卫这一切奇特而独创的句子。"

【帽子】*CHAPEAU* 拥有魔法的东西。我想起一个梦：池塘边有个十岁的男孩，头上戴着一顶黑色的大帽子。他跳进水中。人们把他拉上来，他已经溺死了。头上一直戴着这顶黑色的帽子。

【美（与认识）】*BEAUTÉ*（*et connaissance*） 跟布洛赫同样说"认识"是小说唯一道德的那些人，都被"认识"这个词的金属氛围给欺骗了，因为这个词跟科学有太多的牵连。所以我们得再加上：小说所发现的存在的所有方面，都是作为美而被发现的。最初的小说家们发现了冒险。冒险之所以为冒险，被我们认定是美的，并且渴望去追求，都是这些小说家的贡献。卡夫卡描写陷入悲剧的人的处境。过去，研究卡夫卡的学者经常争论的一个问题是：作者是否给了我们希望？没有，没有希望。他给了我们别的东西。即便是这个无法生存的处境，卡夫卡也是将它当作怪异、黑色的美来发现。美，是不再有希望的人可能拥有的最后胜利。艺术里的美：不曾被人述说的事物骤然绽放的光芒。这光芒照耀着伟大的小说，时间永远无法让它黯淡，因为，人类的存在恒常不断地被人遗忘，所以尽管小说家的发现如此古老，但是带给我们的惊叹却不曾止息。

【媚俗】*KITSCH*　写作《不能承受的生命之轻》的时候，我有点担心自己把“媚俗”这个词变成小说的一个关键词。事实上，直到最近，这个词在法国几乎还是无人知晓，或者只局限于某种非常贫乏的意义。在赫尔曼·布洛赫那篇著名论文的法文翻译里，

“媚俗”这个词被翻译成“蹩脚的艺术”（Art de pacotille）。这是一个曲解，因为布洛赫论证的是，媚俗并不是一部单纯由坏品味所造成的作品，媚俗不单是这样的东西。有媚俗的态度。有媚俗的行为。有来自媚俗者（*Kitschmensch*）的媚俗需求：这种需求是在具有美化效果的谎言镜中观看自己，怀着令自己感动的满足，在镜中认出自己。对布洛赫来说，媚俗与十九世纪多愁善感的浪漫主义有历史性的连接。由于十九世纪德国与中欧的浪漫主义比起其他地方要多得多（写实主义则少得多），媚俗正是在这儿无度地绽放，“媚俗”这个词正是在这儿诞生的，而且至今依然通用。在布拉格，我们已经在媚俗之中看见艺术的主要敌人。在法国还没有。在这里，与真正的艺术对立的，是娱乐消遣。与伟大的艺术对立的，是轻松的艺术，是第二线的艺术。至于我，我从来不曾为了阿加莎·克里斯蒂的推理小说而感到不快！相反，柴可夫斯基、拉赫玛尼诺夫、霍洛维茨的钢琴演奏，好莱坞的大片《克莱默夫妇》《日瓦戈医生》（噢，可怜的帕斯捷尔纳克！），这些是我讨厌的，我深深地、真心地讨厌。那些以形式追求现代主义的作品所表现出来的媚俗精神，也越来越让我气愤。（我补充一下：尼采因为维多·雨果“漂亮的词藻”以及“炫耀的斗篷”所感受到的厌恶，是对于尚未成型的媚俗的反感。）

【命运】*DESTIN*　我们生活的形象与生活本身分离的时刻来临了，这形象独立了，渐渐地，它开始支配我们。在《玩笑》里已然如此：“……不存在能修正我这个人形象的任何手段，因为我的形象是存放在人类命运的一个最高法院之中的；我明白这一形象（尽管它与现实如何不符）要比我本人真实得多；我明白这一形象根本不是我的影子，而我才是我形象的影子；我明白根本不可能指责这一形象跟我不相似，而我本人才是这种不相似的罪魁祸首……”

在《笑忘录》里则是：“命运连抬起小手指为米雷克（为他的幸福，他的安全，他的心境和他的健康）做点什么的意图都没有，而米雷克却为了他的命运（为了它的伟大、它的澄明、它的美丽、它的风格和它的寓意）甘愿赴汤蹈火。他觉得他对自己的命运负有责任，而他的命运却不觉得对他负有责任。”

那个中年享乐主义者的角色（《生活在别处》）跟米雷克相反，

他依恋“他的非命运的田园诗”。（见〖田园诗〗）其实，享乐主义者抗拒的是让生活转化为命运。命运吸噬着我们的血，重压在我们身上，就像给我们的脚踝链上了铁球。（顺带一提，这个中年男人在我所有的小说人物里，跟我最接近。）

【欧洲】*EUROPE*　在中世纪，欧洲的统一是基于共同的宗教。在现代，则让位给了文化（艺术、文学、哲学），文化成了欧洲人借以认识自己、定义自己、认同自己的最高价值。然而在今天，轮到文化让位了。可是让位给什么？让位给谁呢？可以统一欧洲的最高价值将在什么领域实现？在技术开发？在市场？在具有民主理想、具有宽容原则的政治？可是这种宽容如果不再保障任何丰盛的创作，不再保障任何强而有力的思想，难道这宽容不会变得空虚而无用？或者，我们可以将文化的退位理解为某种解脱，应该欢欣地沉醉其中。对此我一无所知。我想我只知道文化已经让位了。如是，欧洲认同的形象在过去的时光之中远离。欧洲人：对欧洲怀有乡愁的人。

【轻】*LÉGÈRETÉ*　不能承受的生命之轻，我在《玩笑》里头已经找到了："走在布满灰尘的马路上，我感到空虚的沉重的轻，压在我的生命之上。"

还有《生活在别处》："雅罗米尔有时会做一些可怕的梦：他梦到自己必须抬起一件非常轻的物体，一个茶杯、一把匙子、一根羽毛，可他做不到，物体越轻，他就越虚弱，他被压在了物体的轻之下。"

还有《告别圆舞曲》："拉斯科尔尼科夫像经历一场悲剧似的经历了他的罪孽，他最终被自己行为的重负压垮。而雅库布惊讶自己的行为竟然那么轻，几乎没什么分量，根本不能压倒他。他不禁反诘，在这种轻之中，是不是有跟那个俄国主人公的歇斯底里情感同样可怖的东西。"

还有《笑忘录》："胃中的空囊，正是不能容忍的重量的缺失。正像一个极端可以随时转化成另一个极端，到达了极点的轻变成了可怕的轻之重，塔米娜知道她一秒钟也不能再忍受了。"

我是在重读我每一本书的译本的时候，才沮丧地瞥见这些重复！然后，我安慰自己：所有的小说家，或许，都只写某一种主题（第一部小说），和一些变奏。

【生命（大写的V）】*VIE*（*Avec le V en majuscule*）[①] 在超现实主义者的小册子《死尸》（*Un cadavre*，一九二四年）里头，保罗·艾吕雅[②]斥责了阿纳托尔·法朗士[③]的遗体："跟你相似的那些人，死尸，我们不喜欢……"诸如此类。我觉得比在棺材上踢一脚更有意思的是后头的论述："我再也无法不含泪想象，生命，今天它依然出现在一些微不足道的小东西之中，支持着这些小东西的，只有温柔。怀疑主义、讽刺、懦弱，法朗士，法兰西精神是什么？一股强劲的遗忘之风带我远离这一切。或许那些破坏生命的东西，我什么也没读过，什么也没看过？"

对于怀疑主义，对于讽刺，艾吕雅提出了对比：微不足道的小东西、含泪、温柔、生命的光荣，是的，生命，带着大写的V！在架势十足、不因循随俗的动作后面，是最平淡乏味的媚俗精神。

【抒情的】*LYRIQUE* 《不能承受的生命之轻》提到两种追求女人的人的类型：抒情式的追求者（他们在每个女人身上追寻自

己的理想）和史诗式的追求者（他们在女人那儿追寻女性世界无穷无尽的多样性）。这两种类型符合了抒情诗特质和史诗特质（还有戏剧性）之间的古典区分，这区分要到接近十八世纪末叶，才在德国出现，在黑格尔的《美学》里得到权威性的发展论述：抒情是自我告白的主观性之表述；史诗则来自意欲占据世界客观性的激情。对我来说，抒情和史诗都超出了美学的范畴，它们代表着人面对自己、面对世界、面对他人的两种可能态度（抒情诗的年代＝青春的年代）。唉，这个抒情和史诗的概念对法国人来说很不熟悉，我只好被迫同意在法文译本里，让抒情式的追求者变成浪漫的花花公子，让史诗式的追求者变成放荡的花花公子。这是最好的解决方式，但我难免有点伤心。

---

① 这个词条里出现的都是首字母大写的"生命"（Vie）。首字母大写，有强调、作为一个抽象的总和之意。

② Paul Éluard（1895—1952），法国超现实主义诗人。

③ Anatole France（1844—1924），法国作家，一九二一年诺贝尔文学奖得主。"法朗士"与"法兰西"的拼写相同，后文中艾吕雅即以此挖苦："法兰西精神是什么？"

【抒情性（与革命）】*LYRISME*（*et révolution*）“抒情性是一种痴醉，人之所以痴醉是为了跟世界更容易地混为一体。革命不希望被研究、被观察，它只想人们与它形成一体；从这一意义上看，它是抒情的，而且抒情性对它来说是必要的。”（《生活在别处》）

“墙后有男男女女被监禁着，墙上爬满了虫子，就在这墙的前面，人们跳着舞。啊，这可不是死神的舞蹈。这是天真、无辜在跳舞！带着它那血淋淋的微笑的天真、无辜。”（《生活在别处》）

【苏维埃的】*SOVIÉTIQUE* 我不用这个形容词。苏维埃·社会主义·共和国·联盟：四个词，四个谎言（卡斯托利亚迪斯[①]语）。苏维埃人民：这是一扇词汇屏风，在屏风背后，被这个帝国俄罗斯化的所有国族，都该遭人遗忘。“苏维埃的”这个词，不仅适合共产主义大俄罗斯咄咄逼人的民族主义，也是俄罗斯那些持不同政见者的民族自豪感。这个词让他们相信，通过某种神奇的动作，俄罗斯（真正的俄罗斯）从所谓苏维埃的国家里消失了，俄罗斯完好无缺、纯洁无瑕的本质延续了下来，不必对一切控诉负责。德意志意识在纳粹时代之后受了创伤，带上了负罪感；

托马斯·曼对于德意志精神进行了残酷质问。波兰文化的成熟就是在贡布罗维奇愉快地批判“波兰性”的时候。无法想象俄国人去批判“俄国性”，违逆那纯洁无瑕的本质。在他们之中，没有一个托马斯·曼，也没有一个贡布罗维奇。

【田园诗】*IDYLLE* 这个词在法国极少使用，但是对黑格尔、歌德、席勒来说，是个重要的观念，是世界在第一次发生冲突之前的状态；或者是在所有的冲突之外世界的状态；或者，是和冲突在一起，但那些冲突不过是误解，所以是假的冲突。“尽管他的情爱生活多彩多姿缤纷无比，但是这个中年男人的底蕴还是田园诗般的气质……”（《生活在别处》）让情色的冒险与田园诗和平共存的欲望，正是享乐主义的本质——人之所以无法达到享乐主义者的理想，也是为了这个原因。

【透明】*TRANSPARENCE* 在政治和新闻的措辞里，这个词

① Cornelius Castoriadis（1922—1997），法国政治哲学家、苏联研究专家。

的意思是：将个人的生活在公众眼前揭开。这把我们送回到安德烈·布勒东[1]那儿，依着他的渴望，在众目睽睽之下生活在玻璃屋里。玻璃屋：一个古老的乌托邦，同时也是现代生活最骇人的方面之一。规律：国家的事务越不透明，个人的事务就会越透明；尽管官僚主义代表的是一个公共的东西，但它是匿名的、秘密的、用密码表现的、难以理解的，而私人却被迫揭开他的健康、财务、家庭状况，而且，如果大众传播的判决确定，这个人就再也找不到片刻的隐私，无论爱情、生病，还是死亡。意欲侵犯他人的隐私，这是侵略性的一种远古形式，却在今日被制度化了（官僚用的是档案卡片，媒体用的是记者），被道德正当化了（信息权成了首要的人权），被诗意化了（通过这个美丽的词：透明）。

【猥亵】*OBSCÉNITÉ* 在一个外国的语言里使用猥亵的字眼，但我们感觉到的不是它们原来的那个样子。猥亵的字眼用某种外国口音发出来，就变得滑稽了。很难对一个外国女人表现出猥亵。猥亵：把我们与祖国相连的最深的根。

【无经验】*INEXPÉRIENCE* 最初给《不能承受的生命之轻》想的书名是“无经验的星球”。无经验有如人类境况的一个特质。人只能出生一次，永远无法带着前世的经验，重新开始另一个生命。我们走出童年，不知青春为何物，我们结婚，不知婚姻为何物，甚至当我们走入老年，也不知自己将走向何处：老人都是属于老年时期的纯真孩童。在这层意义下，人类的大地是无经验的星球。

【喜剧性】*COMIQUE* 悲剧性把人性伟大的美丽幻象提供给我们，带给我们某种慰藉。喜剧性则比较残酷：它粗暴地为我们揭示一切事物的无意义。我认为所有的人文事物都包含着它们的喜剧面向，有些是众所周知、被承认、被开发过的，有些则是遮蔽隐晦的。真正的喜剧性的天才不是让我们笑得最多的那些人，而是揭露了某个喜剧性的未知区域的那些人。历史总是被视作一块非严肃不可的领土。但是，历史所未知的喜剧性还是在那里。

① André Breton（1896—1966），法国超现实主义诗人、评论家。

就像性欲也有喜剧性（虽然难以让人接受）。

【现代】*TEMPS MODERNES* 现代的降临。欧洲历史的关键时刻。上帝成了*Deus abscondius*[①]，而人则成了一切的基础。欧洲的个人主义诞生了，随之而来的是一个新的艺术、文化、科学的处境。我在美国为了这个词的翻译，遇到了一些困难。如果我们逐字译为“modern times”（现代的时代），甚至更容易理解的“Modern Era”（现代的年代），美国人会理解为：当代的这个时期，我们的世纪。在美国，对于现代这个概念的无知，显露了两个大陆之间的整个裂痕。在欧洲，我们经历着现代的终结；个人主义的终结；艺术作为一种无可替代的个人原创性的表达之终结；这终结宣告着一个千篇一律、形式统一的时代的到来，独一无二，前所未有。这种终结的感觉，美国并没有感受到，因为这个国家不曾经历过现代的诞生，这个国家只是现代的迟来的传承者。美国所知的何为开始、何为终结的标准是不一样的。

【现代的（成为现代的）】*MODERNE*（*être moderne*）“新的，新的，新的共产主义的星星，在它之外，没有现代性。”这是伟大的捷克小说家伏拉迪斯拉夫·万楚拉在一九二〇年写下的诗句。他这一整个世代的人，都奔向共产党，以免错失机会“成为现代的”。自从共产党在每个地方都置身于“现代性之外”，它就被盖上了历史性的没落印记。因为兰波下过这样的命令：“必须绝对现代”。对于现代的渴望是一种原型，也是一种非理性的命令，在我们心里根深蒂固，那是一种坚决的形式，它的内涵善变而未定型：自称现代并且让人如此接受的人，就是现代的。小说《费尔迪杜尔克》里的“年轻”太太（la mère Lejeune）所展现的就像是现代性的一个标记，“她以从容的步伐走向厕所，从前人们都是偷偷走进去的”。贡布罗维奇的《费尔迪杜尔克》：去除现代原型神话最辉煌的行动。

【现代的（现代艺术；现代世界）】*MODERNE*（*Art moderne; monde moderne*） 现代艺术带着抒情式的狂迷，认同于现代世界。

---

① 拉丁文，隐藏的神。意指上帝离开世界，背我们而去。

阿波利奈尔[1]。对技术的颂赞，对未来的着迷。和他同时以及在他之后：马雅可夫斯基[2]、莱热[3]，未来派、前卫派。但在阿波利奈尔的对立面，是卡夫卡。现代世界有如一座迷宫，人迷失在里头。反抒情、反浪漫主义、怀疑主义、批判的现代主义。和卡夫卡同时以及在卡夫卡之后：穆齐尔、布洛赫、贡布罗维奇、贝克特、尤奈斯库、费里尼……渐渐地，人们越是深深地走进未来，就越见反现代的现代主义传承之伟大。

【想象】*IMAGINATION* 通过塔米娜在孩子岛上的这则故事，您想说的是什么？有人这么问我。这则故事首先是个深深吸引我的梦，后来我醒着还继续做梦，我一边写，一边把它扩大、深化。故事的意义？如果您需要的话：就是一幅梦幻的图像，关于孩童政权的未来。（见〖孩童政权〗）然而，这意义并未先于梦，是梦先于意义。所以读这则故事的时候，得任由想象带着您走。千万别弄得像在猜画谜似的。研究卡夫卡的专家们，正是在致力于解开卡夫卡之谜的时候杀死了他。

【小说】*ROMAN* 伟大的散文形式，作者穿越几个经验性的自我（人物），彻底检视若干存在的主题。

【小说（欧洲的）】*ROMAN*（*européen*） 我称之为欧洲的那些小说，在现代的黎明之际，形成于欧洲南部，并且本身即代表着一个历史性的实体，这个实体在后来将它的空间扩大到地缘欧洲之外（尤其是在两个美洲）。欧洲小说（以及欧洲音乐）由于其丰富的形式，由于其演进时令人眩晕的浓烈强度，由于其社会角色，在其他任何文明里都找不到可以相提并论的对手。

【小说（与诗歌）】*ROMAN*（*et poésie*） 一八五七年：那个世纪最伟大的一年。《恶之花》：抒情诗发现了它自己的领土、它的本质。《包法利夫人》：这是第一次，一部小说准备要担负起诗的最高要求"以美的追求作为最高目的"的企图；每一个个别字词的重要性；文字强烈的旋律；将原创性加诸每个细节的必要。从

---

① Guillaume Apollinaire（1880—1918），法国诗人，超现实主义的先驱。

② Vladimir Mayakovsky（1893—1930），俄罗斯未来主义诗人。

③ Fernand Léger（1881—1955），法国未来主义画家。

一八五七年开始，小说的历史将会是“变成诗的小说”的历史。但是担负起诗的要求和把小说抒情诗化（放弃小说本质性的讽刺，背离外在世界，把小说转化为个人的告解，过度的装饰）完全是两码事。最伟大的“变成诗人的小说家”都是激烈地反抒情诗的：福楼拜、乔伊斯、卡夫卡、贡布罗维奇。小说：反抒情诗的诗歌。

【小说家（与他的生活）】*ROMANCIER*（*et sa vie*）“艺术家应该让后人相信他不曾活过。”福楼拜如是说。莫泊桑不让他的肖像出现在一套献给知名作家的丛书上，他说：“一个人的私生活和他的外貌不属于公众。”赫尔曼·布洛赫提到自己、穆齐尔和卡夫卡的时候说：“我们三个都没有真正的传记。”这不是说他们的生活里少有什么事件发生，而是说他们的生活不要特别出众，不要属于公众，不要变成“生命—纪录”（bio-graphie）。有人问卡雷尔·恰佩克[①]为什么他不写诗。他的回答是：“因为我讨厌提到我自己。”真正小说家的特征是：他不喜欢提到他自己。“我讨厌把鼻子凑在大作家珍贵的生活里，永远没有一部传记可以掀开我私人生活的面纱。”纳博科夫如是说。伊塔洛·卡尔维诺事先告诉人们：关于他自己的生活，他一句真话也不会说。而福克纳渴望："作为被历史注销、删除的人，不要在历史上留下任何痕迹，除了印刷的书之外，不要留下其他任何东西。"（切记：是印刷的书，所以不要留下未完成的手稿，不要信件、不要日记。）根据一个著名的隐喻，小说家拆毁他的生活之屋，为的是要用那些砖块建构另一栋屋子：他的小说之屋。由此可知，小说家的传记拆掉了小说家所建起的，重建了小说家所拆掉的。这些传记的工作，从艺术的观点看来，是纯然负面的，无法阐明一部小说的价值，也无法阐明其意义。当卡夫卡比约瑟夫·K吸引了更多注意的时刻，卡夫卡身后的死亡进程就开始了。

【小说家（与作家）】*ROMANCIER*（*et écrivain*） 我重读了萨特的短文：《什么是写作？》。他没有使用过任何一次小说、小说家这些词。他只提到散文作家。正确的区分是：

① Karel Capek（1890—1938），捷克剧作家、小说家。

作家有一些原创的概念，还有一个无法模仿的声音。他可以运用任何形式（包括小说），他写的任何东西（标上了他的思想，带着他的声音）都属于他作品的一部分。卢梭、歌德、夏多布里昂、纪德、加缪、马尔罗。

小说家不会侈谈他的概念。他是一个发现者，他摸索着，努力揭露存在的某个不为人知的一面。他不会为自己的声音着迷，却会为他追求的某个形式着迷，而且也只有响应他梦想的需求的那些形式，才会成为他作品的一部分。菲尔丁、斯特恩、福楼拜、普鲁斯特、福克纳、塞利纳。

作家把自己放在他的时代、民族的心灵地图上，也放在思想史的心灵地图上。

只有在欧洲小说的历史脉络里，我们才得以捕捉一部小说的价值。小说家无须向任何人交代，除了塞万提斯。

【笑（欧洲的）】*RIRE*（*européen*） 对拉伯雷来说，欢乐和喜剧性不过是同一回事。在十八世纪，斯特恩和狄德罗的幽默是一种温柔而充满乡愁的回忆，对象是拉伯雷式的欢乐。在十九世纪，果戈理是一位令人感伤的幽默大师："如果我们专心地、久久地看着一则好笑的故事，它就会变得越来越悲伤。"他这么说。如此长久以来，欧洲看了它自己存在的故事，在十九世纪，拉伯雷的欢乐史诗变成了尤奈斯库的绝望喜剧，尤奈斯库说："只有很少的东西，区隔着恐怖与喜剧性。"欧洲的笑的历史触到了它的终点。

【写作狂】*GRAPHOMANIE*　并非"写信、写日记、写家族编年史的欲望（也就是说为自己或者为自己的亲友而写），而是写书（也就是想拥有不知名的读者大众）"（《笑忘录》）的癖好。并非想要创造某种形式的欲望，而是想把自我强加在别人身上的欲望。这是权力意志最荒诞的版本。

【兴奋】*EXCITATION*　不是欢愉、享乐、感觉、激情。兴奋是情色的基础，是情色最深处的谜，是情色的关键词。

【厌恶缪斯的人】*MISOMUSE*　对艺术没有感受力，没有关系。我们可以不读普鲁斯特，不听舒伯特，还是活得平平静静的。但是厌恶缪斯的人活得可就不平静了。他觉得被某件超越他的东西的存在给侮辱了，他憎恨这东西。某种厌恶缪斯的通俗现象存在着，就像也有某种反犹太的通俗现象。法西斯政权与共党政权在追击现代艺术的时候，知道怎么利用这种事。但是，知识分子厌恶缪斯的现象也存在，它是更细致的：它报复艺术的方式，是迫使艺术成为一个在美学之外的标的。介入艺术的教义：艺术作为某种政治的手段。对理论家来说，一件艺术作品不过是为了实行某种方法（心理分析的、符号学的、社会学的，诸如此类）的借口。民主式的厌恶缪斯：市场作为美学价值的最高裁决者。

【厌恶女性的人】*MYSOGYNE*　我们每一个人打从生下来，就要面对一个母亲和一个父亲，面对某种女性特质和某种男子气概。所以，也就被这两个原型所形成的某种和谐或不和谐的关系标记着。憎恶女性的人（厌恶女性的人）不只存在于男人当中，也存在于女人当中，憎恶女性的人和憎恶男性的人（跟男人的原型生活在不和谐之中的男人和女人）一样多。这些态度是人类境况的一些不同的可能性，是完全合理的。女性主义的善恶二元论从来不曾提出男性憎恶症的问题，并且将厌恶女性转化为单纯的侮辱。

于是人们回避了这个观念的心理内涵，这唯一可能有趣的内涵。

【遗忘】*OUBLI* “人与政权的斗争，就是记忆与遗忘的斗争。”《笑忘录》的这个句子，由一位小说人物米雷克的口中说出，经常被看作小说所传递的讯息而被引用。这是因为读者在小说里首先认出的，是“已然众所周知的东西”。这部小说“已然众所周知的东西”是奥威尔最有名的主题：极权政体所强加的遗忘。但是米雷克这个故事的原创性，我看到的却完全是另一回事。这个米雷克竭尽全力不让人们忘记他（不忘记他和他的朋友们以及他们的政治抗争），却也同时尽一切可能，让人忘记别人（他的旧情人，因为她让他觉得羞愧）。在还没成为政治问题之前，遗忘的意图是一个存在问题：人类始终渴望着重写自己的生平，改变过去，抹去种种痕迹（自己的和别人的）。遗忘的意图远不只是单纯的作弊的坏念头。萨比娜（《不能承受的生命之轻》）没有任何理由隐藏任何事，然而她却被非理性的欲望推迫着，要让别人把自己遗忘。遗忘：既是绝对的不公不义，也是绝对的安慰。

【遗嘱】*TESTAMENT* 所有我从未写下（还有我将要写）的

东西，不得在世界任何地方，以任何形式出版或复制；可以出版和复制的，只有法国伽里玛出版社最近一期目录上列出的那些书。不得出版评注本。不得改编。（见〖作品〗、〖音乐作品编号〗、〖改写〗。）〔这个词条于一九九五年《小说的艺术》再版时增补。〕

【音乐作品编号】*OPUS* 作曲家极好的习惯。他们只会给他们认为"值得"的作品安上一个音乐作品编号。他们不会给那些属于他们不成熟时期、过渡时期，或是为练习而做的作品编上号码。贝多芬一首没编号的曲子，譬如《萨利埃里变奏曲》，确实是不够好的作品，但这并不会让我们失望，因为作曲家自己都提醒我们了。每个艺术家的基本问题是：他"值得"的作品从哪一部开始？雅纳切克到了四十五岁以后才找到自己的独创性。我听到那些还停留在他早期风格的曲子的时候，很难受。德彪西在死前毁掉了所有草稿，毁掉了他尚未完成的一切。一个作者至少可以为他的作品做的事：将作品的四周打扫干净。

【隐喻】*MÉTAPHORE* 我不喜欢它们，如果它们只是一个装饰。我想到的不只是"绿草如茵"一类的陈腔滥调，也包括，譬如里尔克说的："他们的笑从宛如化脓伤口的嘴里渗出。"或是："他的祈祷已然凋落，从他的嘴里立起，宛如一株死去的灌木。"（《马尔特手记》）相反，隐喻在我看来是无法取代的，它是在骤然的揭露之中，捕捉那无从捕捉的事物、处境、人物本质的方法。"隐喻—定义"。譬如，在布洛赫的作品里，埃施的存在态度的"隐喻—定义"："他渴望毫不含糊的清晰明确：他想要用一种如此清晰明确的单纯，创造一个世界，让他的孤独得以连接在这清晰明确之上，有如连接在一支铁桩上。"（《梦游者》）我的规则：一部小说里只有非常少的隐喻；但这些隐喻应该是小说的最高点。

【愚弄】*MYSTIFICATION* 新词，本身就很好玩（它是从"神秘"〔mystère〕这个词派生出来的），出现在十八世纪法国放荡精神的环境里，特别用来指称带有滑稽意味的欺骗。狄德罗四十七岁的时候，设计了一场绝妙的恶作剧，要让·德·克鲁瓦马尔侯爵相信有一位不幸的年轻修女请求他的保护。一连好几个月，他给这位极受感动的侯爵寄了数封由一个不存在的女人署名的信件。狄德罗的小说《修女》就诞生于这场愚弄：喜爱狄德罗和他那个时代的理由又多了一桩。愚弄：不把世界当回事的积极方式。

【制服（统一的形式）】*UNIFORME*（*uni-forme*）“既然现实是由计算的形式统一性（uniformité）所构成，而这计算是可以转译为计划的，那么，如果人想要继续跟现实事物有所接触，他就必须也进入形式统一性之中。今天，一个没有‘统一的形式’的人已然给人不现实的印象，宛如一个异物在我们的世界里。”（海德格尔，《超越形而上学》）土地测量员K并不是在寻找一份友爱，而是绝望地寻找着一种统一的形式。没有这个统一的形式，没有被雇用者的制服，他就不能“跟现实事物有所接触”，他就会给人“不现实的印象”。卡夫卡最早（比海德格尔还早）捕捉到这个处境的变化：昨天，人们还可以在形式多样性，在对于制服的弃逃之中，看到某种理想、某种机会、某种胜利；明天，失去了制服却会代表着一种绝对的不幸，被排斥在人类之外。在卡夫卡以后的时代，通过那些计算与计划生活的大仪器，世界的形式统一大幅向前迈进。但是当一个现象变得普遍、日常、无所不在的时候，我们就再也看不出这现象了。在形式统一生活的欢愉里，人们再也看不到他们所穿的制服。

【中欧】*EUROPE CENTRALE*　十七世纪：巴洛克风格的巨大力量将某种文化的统一性强加在这个因多国族而具有多重中心、边界变动不居、无法界定的地区。巴洛克天主教教义迟来的阴影延伸至十八世纪：没有一个伏尔泰，没有一个菲尔丁。在艺术的等级里，占据第一位的是音乐。自海顿以来（直到勋伯格和巴托克①），欧洲音乐的重心都在这里。十九世纪：几个伟大的诗人，但是没有一个福楼拜；毕德麦耶尔派的精神②：田园诗的薄纱抛在真实之上。在二十世纪，反叛。最伟大的心灵（弗洛伊德、小说家们）重新评价了过去数个世纪被看轻和不为人知的东西：去除蒙昧的

① Bela Bartók（1881—1945），匈牙利作曲家、钢琴家。

② Biedemeier原是一个虚构的诙谐人物，其形象为热衷于音乐诗歌和艺术、沉湎于小家庭的舒适的中产阶级。后来演变为一八一五年左右到一八四八年间在德国、奥地利发展的艺术、家具和装饰风格的代名词。

理性清明；现实的意识；小说。他们的反叛恰恰与法国的、反理性主义的、反写实主义的、激情的现代主义相对立（这在后来也引起不少误解）。这群伟大的中欧小说家耀眼的组合：卡夫卡、哈谢克、穆齐尔、布洛赫、贡布罗维奇：他们对浪漫主义的厌恶；他们对“前巴尔扎克”小说与放荡精神的爱恋（布洛赫把媚俗诠释为某种一夫一妻的清教主义对抗启蒙时代的阴谋）；他们对于历史以及对于颂赞未来的不信任；他们是在前卫派幻象之外的现代主义。

帝国毁灭，接着是一九四五年之后，奥地利在文化上的边缘化以及其他国家在政治上的地位丧失，让中欧成了预先映照出整个欧洲潜在命运的镜子，成了残阳暮色的实验室。

【中欧（与欧洲）】*EUROPE CENTRALE*（*et Euope*） 在封底的文字里，布洛赫的出版者想把他放在一个非常中欧的脉络里：霍夫曼斯塔尔、斯韦沃。布洛赫反对这样的说法。如果要把他比拟成什么人，那么，对象应该是纪德和乔伊斯！他要否认的是他的“中欧性”吗？不，他只是想说，要捕捉一部作品的意义与价值，国族、宗教的脉络根本派不上用场。

【字】*CARACTÈRES*　书上印刷的字越来越小了。我想象着文学的终结：一点一点地，无人察觉，字母渐渐缩小，直到完全看不见。

【作品】*ŒUVRE*　“从草稿到作品，一条跪着走完的路。”我无法忘记伏拉季米尔·霍兰[1]的这个诗句。可我拒绝把《给菲莉丝的情书》[2]跟《城堡》相提并论。

---

① Vladimir Holan（1905—1980），捷克诗人。

② 卡夫卡的书信集。菲莉丝与他两度订婚，两度解除婚约。

第七部

耶路撒冷演讲：小说与欧洲

以色列将它最重要的奖项颁发给国际文学，在我看来，这并非偶然的现象，而是悠久的传统。事实上，这是因为伟大的犹太贤人志士，他们远离了自己原初的土地，在超越了民族主义激情的环境下成长，他们始终对于超越国界的欧洲展现着一种特殊的感受，他们将欧洲想象为文化，而非领土。尽管欧洲曾以悲剧让犹太人陷入了绝望之境，可是在此之后，犹太人却对这欧洲的世界主义忠诚依旧，而他们终于失而复得的小小祖国以色列，在我眼里，则有如欧洲真正的心脏，这个奇异的心脏，长在身体之外。

今天，我带着极为激动的心情来领奖，领取这个带着耶路撒冷之名，带着犹太人伟大的世界主义精神印记的奖。我以小说家的身份得到这个奖。我强调，我说的是小说家，不是作家。依照福楼拜的说法，小说家是想要消失在自己作品之后的人。消失在自己作品之后，意味着要放弃公众人物的角色。这并非易事，今天，无论任何鸡毛蒜皮的小事都得通过大众传媒那座照亮得令人无法忍受的舞台，这跟福楼拜的意愿完全背道而驰，结果是作品消失在作者的形象之后。在这种处境里，没有人能够全身而退，福楼拜的见解在我看来几乎是一种预警：小说家一旦接受了公众人物的角色，就会让自己的作品陷入险境，作品有可能被当作一条阑尾，附庸于他的所作所为、他的公开发言、他所采取的立场。然而，小说家并不是任何人的代言人，我要将这个论点一直推到小说家甚至不是自己想法的代言人。托尔斯泰在写《安娜·卡列宁娜》的初稿时，安娜是个非常令人反感的女人，而她悲剧性的下场不过是罪有应得罢了。小说最后的定稿却大异其趣，但我不相信托尔斯泰在这期间改变了他的道德观，我会说，应该是在写作的时候，他聆听着另一个声音，这声音并非他个人的道德信念。他聆听的声音，我喜欢称之为小说的智慧。所有真正的小说家都聆听这超越个人的智慧，这说明了伟大的小说总是比它们的作者稍微聪明一点。比自己作品聪明的小说家都应该改行。

但是这智慧究竟是什么？小说又是什么？有一句犹太谚语很令人赞叹：*人类一思考，上帝就发笑*。这个警句带给我一些启发，我常想象有一天弗朗索瓦·拉伯雷听见上帝的笑声，于是欧洲第一部伟大的小说就这样诞生了。我喜欢把小说的艺术来到世界想做上帝笑声的回音。

但是为什么上帝看着人类思考就要发笑呢？因为人在思考而真理却逃离他。因为人越思考，一个人的真理就会离另一个人的真理更远。而最终的原因，是因为人从来不是他自己所想象的那样。正是在现代的黎明之际，从中世纪走出来的人，显露了这个基本处境：唐吉诃德思考，桑丘思考，不仅是世界的真理躲开了他们，连属于他们自我的真理也都避开了。最早期的几位欧洲小说家看到也捕捉到人的这个新处境，并且在其上建立了一门新的艺术，那就是小说的艺术。

弗朗索瓦·拉伯雷发明了许多新词，后来这些词都进入了法语和其他语言，但是其中有一个词被遗忘了，或许我们会为此感到遗憾。这个词就是*扼结乐思忐*（*agélaste*）；它是从希腊文来的，意思是：不笑的人，没有幽默感的人。拉伯雷讨厌阨结乐思忒。他对这种人感到害怕。他抱怨说这些人“对他如此残酷”，害他几乎要停止写作，永远停止。

小说家和阨结乐思忒之间永无宁日。这些阨结乐思忒从来不曾听到上帝的笑声，他们相信真理是清晰的，他们相信所有人的想法都应该相同，他们相信自己和心里所想的自己一模一样。然而人之所以成为个人，恰恰是因为他失去了对于真理的确信以及与其他人的一致共识。小说，是属于个人的想象天堂。在这片领土上，没有人是真理的占有者，安娜不是，卡列宁也不是，在这里，所有人都有权被人理解，安娜有，卡列宁也有。

在《高康大和庞大固埃》的第三卷里头，欧洲第一个伟大的小说人物巴奴日为了一个问题感到苦恼：他该不该结婚？他请教了医生、卜者、教授、诗人、哲学家，这些人轮番引述希波克拉底、亚里士多德、荷马、赫拉克利特、柏拉图的话。但是在这占据了整本书的浩瀚博学研究之后，巴奴日依然不知道他是不是应该结婚。我们这些读者呢，我们也不知道，但是相对的，我们却从所有可能的角度探索了不知该不该结婚的人既可笑又基本的处境。

拉伯雷的旁征博引如此大气，但是和笛卡儿的博学相比，还有另一种意义。小说的智慧和哲学的智慧是不同的。小说并非诞生于理论的精神，而是诞生于幽默的精神。欧洲的一个失败，就在于它从来不曾理解欧洲最伟大的艺术——小说；欧洲不理解小说的精神，不理解小说无边无际的认识与发现，也不理解小说历史的自主性。受到上帝笑声启发的艺术，其本质并非屈从于意识形态的确信态度，而是去反对它。跟帕涅罗珀一样，这门艺术在夜里拆散了神学家、哲学家、学者在前一天编织的挂毯。

近来，人们习于谈论十八世纪的坏处，甚至一直谈到这个陈词滥调：俄国极权主义造成的不幸是欧洲的作为，尤其是启蒙时代无神论的理性主义，因为它信仰着理性至高无上的权力。那些把伏尔泰说成该为古拉格负责的人，我不觉得自己有能力同他们论战。相反，我觉得自己有能力说：十八世纪不只是卢梭、伏尔泰、霍尔巴赫的时代，也是（或者该说，尤其是！）菲尔丁、斯特恩、歌德、拉克洛的时代。

这个时代所有的小说，我最喜欢的是劳伦斯·斯特恩的《项狄传》。这是一部奇怪的小说。斯特恩追忆着项狄被孕育的那个夜晚，以此开展这部小说，但他才刚开始说这件事，另一个想法随即吸引了他，而这个想法又通过自由联想唤起了另一个反思，接着是另一个小故事，结果是一次又一次的离题，而小说的主人翁项狄，则在长达一百多页的篇幅里被遗忘了。这种怪诞的小说写法或许会让人看作一种单纯的形式游戏。然而，在艺术里，形式永远不只是形式。每一部小说，不管愿不愿意，它都要提供一个答案给这个问题：什么是人的存在？它的诗意又在哪里？斯特恩的同代作家，像菲尔丁等人，他们特别懂得品味行动与冒险的非凡魅力。但是斯特恩小说里暗示的答案是不一样的：诗意，照他的说法，不在行动里，而是在行动的中止里。

或许，小说与哲学之间，一场伟大的对话间接地在这里发生了。十八世纪的理性主义建筑在莱布尼茨著名的句子上：*nihil est sine ratione*——没有任何存在之物是没有理由的。科学受到这个信念的刺激，热烈地检视着一切事物的为什么，好让一切存在之物看起来都是可以解释的，所以，也是可以计算的。人，希望自己的生命拥有某种意义，他会放弃每一个没有原因和目的的行为。所有的传记都是如此写下的。生命看起来像是一道因、果、成、败的明亮轨迹，人则是一边以焦急的目光紧盯着自己行为的因果链，一边继续加速向死亡狂奔而去。

世界退缩成一连串事件的接续交替，面对这样的简化，斯特恩的小说以其唯一的形式肯定了：诗意不在行动里，而是在行动中止之处；在那儿，因果之间的桥梁被摧毁，思想在无所事事的甜美自由里游荡。存在的诗意，斯特恩说，它处在离题之中。它在无法计算的事物之中。它在因果关系的另一边。它*sine ratione*——是没有理由的。它在莱布尼茨的句子的另一边。

我们不能仅仅根据思想、理论概念就来评价一个世纪的精神，却不去注意艺术（尤其是小说）。十九世纪发明了蒸汽机车，黑格尔也确信自己已经掌握到世界历史的精神。福楼拜发现了愚蠢。我敢说，这个以科学理性而如此自傲的世纪，它最伟大的发现就在这里。

当然，即使在福楼拜以前，人们也已经知道了愚蠢的存在，但是人们理解的方式有一点不同：愚蠢被视作一种单纯的缺乏知识，一种可以经由教育矫正的缺点。但是，在福楼拜的小说里，愚蠢是跟人的存在密不可分的一个维度。它伴随着可怜的爱玛度日，直到她做爱的床笫，直到她临终的病榻，病榻旁，还有两个吓人的扼结乐思忒，郝麦和布尼贤在那儿交流着他们漫长的蠢话，仿佛悼词似的。但是在福楼拜对愚蠢的看法里，最吓人、最令人愤慨的是：愚蠢在科学、技术、进步、现代性的面前并未被抹去身影，相反，世界在进步，愚蠢也跟着进步！

福楼拜怀抱着一股淘气的激情，搜集了他身边的人们为了表现聪明、跟得上潮流的样子，而对他说出的刻板用语。他把这些用语编成了一本著名的《庸见词典》。我们就借用这个书名来说吧：现代的愚蠢不是意味着无知，而是固有观念的无思想性。对于世界的未来，福楼拜的发现比起马克思或弗洛伊德那些震撼人心的思想更加重要。因为我们可以想象未来没有阶级斗争，没有心理分析，却不可能没有固有观念无可抗拒的潮涌。固有观念被输入计算机，被大众传播媒体广为宣传，很可能即将成为一股粉碎一切原创与个人思维的力量，因而扼杀现代欧洲文化的本质。

福楼拜想象出他的爱玛·包法利，之后约莫八十年，在我们这个世纪的三十年代，有一位伟大的小说家赫尔曼·布洛赫谈到现代小说反对媚俗潮流的壮烈努力，最后却被媚俗击垮。“媚俗”这个词指称的态度，是想要不惜任何代价讨好大多数人。为了讨好，就得去确定什么是人人想听的话，就得去为固有观念服务。媚俗，就是将固有观念的愚蠢转译成美和感动的语言。媚俗从我们身上淘出了同情的泪水，为了我们自己，为了我们所思所感的平庸事物。五十年后的今天，布洛赫的句子变得越来越真确。由于讨好并且赢得大多数人的注意是迫切必要的，大众传播的美学无可避免地成了媚俗的美学；渐渐地，大众传播全面拥抱、渗透着我们的生活，媚俗变成我们日常生活的美学与道德。现代主义直到最近某个时期都还意味着不因循随俗的一种反叛，对抗着固有观念与媚俗。今天，现代性却与大众媒体无边无际的生命力混在一起，“成为现代的”意味着一种狂热的努力，为的是要跟上时代，因循随俗，比最因循随俗的人还要因循随俗。现代性穿上了媚俗的长袍。

扼结乐思忒、固有观念的无思想性、媚俗，这个三头怪物，是作为上帝笑声而生的艺术唯一且同一的敌人。这门艺术知道如何创造迷人的想象空间，在其中，没有人是真理的占有者，每个人都有权被理解。这个想象空间和现代欧洲一同诞生，它是欧洲的形象，或者，至少是我们的欧洲梦想。梦想屡屡遭到背叛，却依然强大，足以将我们全部团结在远远超越我们小小欧陆的友爱之中。然而我们知道，个人受到尊重的这个世界（小说的想象世界、欧洲的真实世界）是脆弱、稍纵即逝的。我们看到扼结乐思忒的大军出现在地平线，窥伺着我们。恰恰是在这场没有宣战的永恒战争时代里，在这个命运如此戏剧化、如此残酷的城市里，我决定只谈论小说。或许各位也明白，这并不是我在逃避所谓严重的问题。因为，尽管欧洲文化在今天似乎受到威胁，受到来自外部和内部的威胁——在它最珍贵之处：尊重个人、尊重个人原创的思想、尊重个人不可侵犯的隐私权——但是，欧洲精神的这种珍贵本质，却宛如存放在小说历史的银匣子里，存放在小说的智慧里。在这篇谢辞里，我要致敬的对象正是这小说的智慧。可我这会儿也该打住了。我刚刚一直忘了，上帝看见我在思考，他就会发笑。